JN164058

随想句集

嘴野記《シノキ》

片山壹晴
Issey Katayama

コールサック社

序文

岸　栄

随想句集「嘴野記」の発刊を心より祝福します。

俳句誌「風韻」の発刊に当り、上毛新聞社へ印刷製本をお願いしたのは平成十一年の末のことでした。当時、新聞社の部長をされておられた片山壹晴さんは心よく受けて下さり、印刷製本に当っては細々とご指導して下さり、お陰で「風韻」が無事に誕生し、以後、順調に育ち今日に至っております。これも片山さんの適切なご指導のお陰と深く感謝している次第です。

さて、片山さんはその後、自作句を「風韻」に投句して下さるようになりました。その句は職業柄、この世の最先端で感受される感動句でした。それらの句は「風韻」会員の皆さんに多くの感銘を与えました。それは句の新鮮さです。

この社会は一刻の休みもなく変化、進展しています。俳句の世界も同じです。現在は欧米や中国でも俳句人口が増えていると言われています。こうした社会の変化や文化の国際的広がりを考えると、明治期に確立した、日本的な「有季定型」や「花鳥諷詠」の絶対視や、固執は検討の要が出てきたようです。

外国旅行などで、外国の文化や社会に接触の多い片山さんは、いちはやくこの事に気付き、季にこだわらず、その地で受けた感動を句に表現することを試み、多くの感動句を生み出しております。その片鱗がこの句集に見られます。それらの句は、これからの俳句の行く道を示唆するものとして私には大変貴重なものに思われます。

現在俳句の創作にたずさわっている人、これから俳句を学ぼうとする人、俳句の行くべき道をじっくりと考えてみようとする人には、ぜひ一読をすすめたい句集です。「風韻」会の皆さんとじっくり学ぶ機会を後ほど持ちたいと思っております。

片山壹晴さん、ご苦労様でした。益々のご発展を「風韻」会を代表して心よりお祈りします。

「風韻」主宰　岸　栄

随想句集『嘴野記』目次

随想句集

嘴野記

シノキ

冬霧

初期　十一句

ジャズ聴けば古扇風機も蘇り

迎え盆今年の父は家で待つ

松種よ空気力学いつ知りぬ

雨しぶきプールを打ちて人去りぬ

夕立ちを駆け来る子らは過去の子か

寒風にバラ咲き耐えて新世紀

友逝きその翌日

野分け行き空の青さに君帰る

小栗上野介

秋風に川音昇る斬首の墓

父死去

梅満開脈の静かに消えゆきし

手帳にはケア頼みし人のTEL残り

花曇りピンクの幟街に増え

ビニ傘も輝き増すか花の雨

濃き靄の透けゆく朝や紅の花

寒桜露店は落語聴いており

猫めらがもう見回りか雪の朝

北海道・二句

浜茄子や野ざらし舟の野付崎

矜持持つ姿に見えし北の花

遠き人立ちて屈みて春の畑

山の湯や雲たちまちに陰の差す

振り返り花満開を確かめぬ

冬霧や我家包まれ子泊まる朝

子等巣立ち帰る窓辺は灯火無し

葉を踏みて吾吾吾と山木立

冬　二〇〇四年

朝の雪夕は風鳴る晦日かな

別所柏屋別荘

文士らの古書揃う宿暖炉燃ゆ

極寒の水音たかく届きけり

雨上がり風の気配に寒椿

冷気射る朝日に膨らむ群鵯

遺稿

春　二〇〇五年

春の畦淋しく見えしその直よ

野良犬の窺う気配の春暮かな

春は昼子らの歌ひて通りけり

番《つがい》去り揺らぐ光や春の川

小林山達磨寺

落花白庭薄陽静寂影二つ

山城の巌突き出でし芽吹き雨

太田金山

夏

二〇〇五年

傘傾げ白線頼りに梅雨の入り

雨戻り麦藁焼きの焦《きな》となる

堰水の響き渡りて田に走る

緑山に飲まれるごとく家のあり

「開国屋」錆びしトタンで
夏を受く

軒トタンが錆びた店を久しぶりに見た。昭和の高度成長まで、日本の建築には、いたるところでトタンが使われていた。戦後の闇市とそれに続く貧しい時代の象徴でもあった。人々が好んで使ったわけでもなく、風雨を凌ぐに安く便利だったからにすぎない。

その材質感は子供心にも何ともいえない印象を残した。赤錆た姿は惨めな境遇を連想させるとともに、すぐに穴の開くその薄さは儚さを呼び起こした。じりじりと焼く夏

万博に我も群れ入り蟬しぐれ

雑とせし街の時代や我の夏

「開国屋」錆びしトタンで夏を受く

ヨーロッパ昼が長しと若夫婦

鳥取・出雲・九句

熱砂丘空の青さに接合す

八雲立つ八重垣見たし夏の雲

の陽は、あたかも耐性のなさを白日に晒しているようでもあった。

中原中也の「トタンがセンベイ食べて／春の日の夕暮は穏やかです」では、アンニュイの基調がトタンから始まる。高校時代には中也のこのトタンに対する感覚に心を寄せた。

だが、トタンの時代は大正、昭和と重なり、明治以前にはない。平成も主たる素材からは消えうせた。この軽く儚く哀調を引きずる材質は、大衆文化の隆盛と軌を一つにするのは偶然だろうか。

堀舟や松江の天主は緑樹抜く

炎天や廃校は時のみ刻まれつ

大社より海に向かえば阿国の墓

船影は煌めく夏の海にあり

烈日に蚊も現れず八雲邸

国譲り悲劇のありや夏社

茶瓦は熱暑にいよ赤し出雲道

落ち蟬の空掻きむしり陽は直上

名もなき村の名もなき夏昼の雲

父遺稿箱に収めて百日紅

熱重機音止み昼の田舎道

立山縦走・二句

流雲に立山でんと残フウロ

苦山行の余韻となりぬバスの中

花が落ち落ちる傍ら蟻通る

娘《こ》と行きし白馬雪渓の山崩る

秋

二〇〇五年

さざ波にアメンボ渡り秋の立つ

塀を越え秋刀魚匂うや千切雲

殖を終え蝶一匹の横たわる

道冷えし虫は幾匹横たえり

西見れば入陽は雲へ彼岸花

夢跳梁冷え覚むれば白障子

無言館出れば芒は輝けり

苔道に秋雨かかり尾長鳴く

朝風呂に入ればば秋雨落ち初めぬ

群れ芒アワダチ草の金と銀

コンバイン五台も数えし稲の波

土塊《くれ》の影濃くなりし畑の秋

赤城の寝牛影

赤城山寝牛の秋となりにけり

冬　二〇〇五年

京大路走る乙女ぞ今乙女

冬の川干いて床に陽は落ちぬ

長女結婚

雪赤城バスは嫁す娘を乗せ行けり

ジョウビタキ尾を振りスルと隣家に

群れ鴨の奇偶を数える癖の付き

凍蝶の抗えず飛ばされ行けり

冬鴉羽を光らせて八の刻

寒月やライトに白猫過《よ》ぎりけり

冬寒や赤信号に一人のみ

遠近《おちこち》の垣に山茶花盛りなり

月冴ふ夜道白く於母《おも》と行きけり

月冴ふ夜道白く於母《おも》と
行きけり

子供の頃、アスファルトが敷かれる以前の道は、月夜には地肌が白くボーっと浮かんでいるように見えた。往還の砂利道と違い、乾いた地肌は、よく月の光を反射させた。当時は家並も色彩豊かではなく、木々の色も月影に黒く映ったから、相対的に道が白ばんで見えたのかもしれない。

その夜道を帰る記憶はなぜか母と結びついている。銭湯の帰りかもしれないし、親戚からの家路かもしれない。そ

クコの木の寒風かわす水辺かな

枯れ篠の匂いぞ立てり瓜垂るる

関東の平野《ひらの》の果てに烈風《かぜ》行けり

打ち捨ててみれば軽きや初日《ひ》を迎ふ

脱俗の心持ちして初春や

なぁんだ去年も今年も同じ夢

れは夏ではなく秋から冬にかけての空気が澄みつつも寂しさに向かう季節である。

　母は私が中学二年の時に亡くなった。思春期に入ろうとする時で、私の自意識による内面形成に母の姿はない。だからかえって、子供の抒情的世界に母の姿がある。母が子供たちに歌って聴かせたのは、短調の曲ばかりで、長調の歌を聴いた記憶がない。人生経験のない子供にも基調とする感性は乗り移っていく。

　枕辺で、私に遺した言葉は「偉くなろうと思うな」であった。

明け静か鵯一羽鳴き始む

明く年や夫の噂の主婦らかな

烈風に雲押し出され上毛野《かみつけの》

冷水に訳け知らず高山《たかやま》思えり

風花を抜き飛ぶ鳥の一文字

風抜ける枯木の幹に青き蔓

春光

春　二〇〇六年

鵙鳴く職去る我の春にして

姪嫁ぐ・五句

寿の芝に春光居るごとく

新婦笑む器ぞ白き春の宴

バス軋み春は大路を帰りゆく

名に〝屋〟付くバス停懐かし酔の春

五十二階春の名古屋のJAZZミスティー

桃色の映える園舎やクロッカス

桃活けし閨《ねや》の窓よし和気のよし

白梅や捨て野にあれば愛でてやり

野焼き目や老婆は石塔見て立てり

杏《よう》として梅佇めば猫のそゝり

桃活けし閨《ねや》の窓よし
　和気のよし

桃色がかった色があたりを染めるのは、この季節しかないが、桃色というのは改めてそういう色なんだと思わされた。高校時代に『詩経』に載る周の南方一帯で歌われた「桃夭」という「桃の夭夭たる 灼灼たる其の華」で始まる漢詩を習った。テーマは嫁がせる子への親の思いを歌ったものだが、桃に対する私のイメージを「桃の節句」から「成人の女性」へと広げてくれた。

また桃色からは、岡部伊都

古着屋は雛を並べし古時計

書を置きて庭に出れば春の満つ

箱根・甲斐・五句

春寒にパラソル震え箱根山

姫シャラの肌に春光ブラマンク

甲斐の朝残雪見るの楽しきや

風林や阿吽の鼻に桜散る

子の随筆も思い出す。ある染色家から、鮮やかな桃色は冬の桜の樹皮からとると聞かされ、美しさはじっと花開く前の耐えた姿に凝縮されている旨のことが書かれていた。

絵では桃色がぴったりと合っているのがピカソの「眠る女」だ。ローランサンもピンクがかった色調が多い。男性の画家で使う人は少ないが、ゴーギャンやマチスはよく使うほうだろう。強く自己主張する色彩の中に緩衝材のように和ます。

桃からいろいろな連想が広がる。

檜皮葺く山門隠す万朶かな

子の巣立つ駅舎に人は混みおりぬ

雨行きて花を残しぬ夕映えや

桜餅半醤りする心持ち

刻む音聞こえ出したり春の里

一人居は烏《う》鷺《ろ》の番組外は梅

姫シャラの肌に春光
ブラマンク

箱根のポーラ美術館の前には姫シャラの林がある。その赤い木肌に光が差し、フォービズムのブラマンクの絵を思い起こさせた。

木の幹を赤く主張させたのは私の知る範囲ではブラマンク以外にない。色彩の配置として赤を用いるのではなく、ブラマンクの視覚の主張というようなものを感じる。実際に赤い木というものはない。でもブラマンクのおかげで我々は風景をそう捉える視覚に気づかされた。

空海のいろは謎めく霞鐘

ビール麦淡く揺れし畑の泡

日野谷

翠屏《すいへい》の奥窮まりて藤の花

声絶えてコジュケイ狸腹《りふく》に入りしかな

揚げ雲雀二羽見つけたりは飛蚊かな

風景の歴史家アラン・コルバンは、風景は読み解くものだという。このことには大事なことが含まれている。私たちの眼差しにより風景は変わるものということを意味し、万人に「客観的」な風景など存在しないということでもある。だから俳句もあるのだろう。

それはさておいて、ブラマンクの木々と空間の処理はセザンヌを想起させ、木の幹を意識して描くことはゴッホの梅の木を思い起こさせる。その背後には日本の浮世絵がある。いつかはこれを「視覚」から読み解いてみたい。

夏 二〇〇六年

彼の人も亡き世なれ遊糸追う

信州・五句

小諸辺にアカシヤの花食したき

みやげ物つまみ食いしてバス暑し

諏訪大社・二句

眉涼し巫女の座して札売りぬ

萱《かや》屋根の断面清し上の宮

夕となりユリの匂いに
書を閉じる

花の匂いと時刻は関係があるのだろうか。私には夕刻になると強くなるように感じるのだが、それは気のせいだろうか。特にユリはそう感じる。

色合いも夕刻になり、その白さが際立ってくるのはあながち気のせいとも言えない。他の色が光の弱さとともに沈んでくるのに対して、白は相対的に沈みが少ない。だから白は、光の弱さとともに際立ち、さらに光が弱くなると闇の中に溶け込んでいく。まさに夕刻の色である。

尖石縄文考古館

ヴィーナスは土偶と呼ばれ茅野の夏

ニュース聞き何か崩れし梅雨の列島《しま》

フッサール午睡の後の天木目

寄贈誌へ便箋白き初夏の風

園児らのキャップと森は緑なり

夕となりユリの匂いに書を閉じる

「ミネルバの梟は迫り来る黄昏に飛び立つ」（ヘーゲル）ほどの深い意味合いはないが、書に目を通していて、夕刻が近づくと一旦それを閉じて整理してみたくなるのは、単に私が酒好きというだけでもないように思う。黄昏は人に整理を促す力があるように感じる。

　老いが人生の整理を求めるのも同じかもしれない。しかし、諦めを伴うこの作業には、酒も一役荷なってくれる。

翠巒《すいらん》の気に泳ぎたり鯉のぼり

梅雨の間の膨らむ空気に二蝶舞う

語り部も今は無くなり鯉のぼり

電光板渋滞告げし青嵐

イギリス・七句

シベリアは眼下の緑野や雲流る

懐かしき南回《なんかい》想いつ夏の空

＊南回＝南回り航路のこと

大英は冠たる過去や
ヤナギラン

今年のヨーロッパは熱暑におそわれたが、イギリスを訪れたのはそれが過ぎ去った直後だった。私は花には疎い。道路の脇に紫がかった色合いで揺れる花の名は妻から教わった。

産業革命を経て世界をリードした大英帝国は歴史の昔に退いたが、今道路わきに群生する清楚な花は、過去からそうであったろう。私のイメージに持つイギリスは実は教科書のままである。イメージと実際とのギャップは旅には付

積雲をま横に機体は揺られけり

ストーム去り北に向かいて機首上げり

大英は冠たる過去やヤナギラン

牧羊のみな首下げし夏の空

突如なり夏の起伏に原発炉

河原には小屋並びたり終戦忌

*小屋並びたり＝ホームレスの小屋

き物だ。だがバスの運転手にあなたの誇りとするのは何かと聞いたら「トラファルガー海戦の勝利」と答えた。

その答えには大英帝国の栄光が庶民の心に残っていることを物語っていた。人間は歴史を語るが、それは人間にとって「歴史的伝統はつねに真理を仲介する」（ガダマー）からかもしれない。

大英博物館には前回と違って目的意識を持って訪れた。立体への感性の原点に興味があった。古代エジプトなどの死後のプラスターという風習に一つのヒントを見た。

青と紅青田は天の色抱く

声断ちぬ殻置きし蝉は逝きしかも

蝉しぐれ上野の森にギリシャ来る

物にみな哀れあり夏盛る刻《とき》

夏日燃え猫はようやく動きけり

葉を噛《は》みぬ虫のみ動く昼下がり

風簾昨日今日の落差かな

遠雷や地平に明るさ残しつつ

支那服にユリの花あり昭和考

秋　二〇〇六年

秋播種《はしゅ》の鋤かれし土は濡れ光

木犀の香に声援の声混ざり

草刈機叢薙ぎて秋の声

浅瀬には鷺居並びし鮎落ちる

待たされし壁の白さよ秋の夜

老いらくの遠近絵巻の晩秋や

大納言絵巻の秋の今模様

＊大納言絵巻＝伴大納言絵巻のこと

暖簾揺れ紋の藍に秋の立つ

笑い合う人は遠きにつまし秋

皆去りぬさて帰るかな月は西

父回想

諍いて父看る義《は》母《は》や秋の蜂

大蟷螂上段に構え涼気あり

照《てる》葉《は》路や声去り後の深紅かな

秋トンビ我は地にいる汝は空に

ドラマ悲し闇にちちろよ鳴き続く

書誌めくる速度は秋に追いつかず

雁帰る列ち乱す一羽かな

柚子ころりころりと浮かぶ夜更ける

馳せし世に日遅れしての柚子湯かな

書誌めくる速度は秋に
追いつかず

昨年の目標はしっかりと読書をすることだった。しかも系統だったものを考えていたが、一年を経てみてその緒にあるに過ぎないことに愕然とする。山に登り、森を抜けてある見晴らしの良い中途の頂に出て見渡したところ、そこかしこに山峰が聳えその高さと山脈の多さに驚いていているといったところだろうか。

かつて読書と教養は不可分だった。しかし今日、「教養」は重視されず、代わりに「情報」の言葉が踊っている。そ

冬　二〇〇六年

一紙にも冷たさ有りぬ書誌めくる

丹沢・四句

霰打つ小屋にて明日の地図広ぐ

鹿鳴ける丹沢山に霰降る

丹沢は倒木目立ち峰は凍つ

冬富士の朝染め讃え小屋の主

の中心軸をなすのは競争原理だ。さらにその裏には人間の「欲」が覗く。実はその「欲」をコントロールするものの一つが「教養」だった。

昨年の読書の中に芥川龍之介のことが出てきた。芥川の自殺は教養主義が崩壊し大衆化の波に敗北する象徴でもある。大正の大衆文化の先に戦争があった。平成のポピュリズムの先に何があるのか。

「教養」の無力さはヨーロッパでも同様だったが、私は教養主義を放棄できない。「個」とあまりにも密接だからだ。

魔の山や雪の切っ先曇天に

谷川・二句

雪嶺の懐深し獣《しし》静む

満月に凍てる家並みの続きけり

新書読む娘《こ》もいるバスの暖かき

鍋音をクックツと聞き年詰まる

大根煮や友は自家味噌持ち来たる

五浦

冬気圧荒磯《ありそ》を襲い六角堂

冬気圧田に大沼の置き土産

冬雨をただ眺めたる炬燵守《も》り

悲歌

春　二〇〇七年

花粉症生くる証や大くしゃみ

花粉めと掃除に念をいれてみぬ

鉛筆を削って座り部屋に春

メジロらの口に散らされ木瓜《ぼけ》の花

この前は二春《ふたはる》前か娘《こ》の泊まる

街裏に夕餉匂えば春仄か

過去帖碑連ねし名には蝶の影

雛の載る緋色の悲歌と覚ゆ日か

逆縁の愚痴聞かざりし春に逝く

越前・三句

越前の春消す雨の遠岬

永平寺

春雨に門をくぐれば僧の声

雛の載る緋色の悲歌と
覚ゆ日か

近しい伯母がちょうど彼岸の当日に亡くなった。九十二歳だった。大往生なのだが、その世代には使いづらい言葉だ。否が応でも時代の運命を背負った苦難と重ねてしまう。

その伯母の誕生日は三月三日だった。誰もが祝うめでたい日に生まれ、誰もが手を合わせる日に亡くなったといえば、幸せな人と思う人もいるかもしれない。しかし私は逆の悲しみに誘われた。

私の母が好きだった歌に

海棘《おどろ》波立ち起こり東尋坊

桜冷えし夜カルメンの赤を見ぬ

鉄塊の巨港の脇に潮干狩り

夏　二〇〇七年

熊野へ・三句

夏燕長谷の甍の眼下かな

瀬音ぎわ初瀬《はせ》町初夏の立ち話

「五木の子守唄」があった。現世の悲哀からの切断を死後の椿にしか託せない姿は子供心に切ないものだった。人が知らずに愛でれば愛でるほど現世という運命が持つ悲しみが浮かび上がってくる。伯母の死はその歌詞を呼び起こした。

「運命」という背景にこそ人の生は彩られ感情を喚起させられる。だから運命に対峙すべく「努力したものが報われる世に」という。だが、この麗句は運命を透徹する悲しみを背負わずに言うべきではない。「成果主義」のように現代はその悲しみから遠ざかる。

南風《はえ》含む雨は熊野に滲み入りぬ

夜半の駅客散り行きて梅雨残る

癌癒えし同級生《とも》も在りぬ若葉かな

屋に入りて香に驚きぬ百合の花

北軽井沢・四句

浅間峰フェスタの声の夜半まで

避暑地には若者ばかり溢れ出る

道迷う森のごとくにカフカ読む

森の道迷いて戻り不如帰

合歓の花ありしはかの窓桟の窓

山ボウシ垣根を越えてひと日陰

秩父路の奥咲く紫陽花石の段

新味噌の声に釣られし老夫婦

梅雨なれば毛穴のごとく黙したり

梅雨《あめ》降らず湿気まつわり蛇頭

アンニュイの梅雨《あめ》が好きよとラジオから

寝冷えして鳩は遠く鳴きにけり

土間よりの面影《かげ》呼び戻し茄子を切る

ツバメさん小次郎避けよヒナは待つ

梅雨《あめ》降らず湿気まつわり
蛇頭

今年の梅雨は雨らしい雨は降らず、ただ蒸して湿気が肌にまとわりつくような日が多い。そんな日、ゴルフ場のスタート近くのヒマラヤ杉を五、六人が見上げている。近寄ると二階ほどの高さに取り付けられた巣箱から蛇が頭を出していた。下の騒ぎには動じていない。

梅雨も雨なら雨となってしまうと、いくらか雨粒が湿気を落としてくれるような気がする。また、何かをしなければという気も抑えられ、ある

つば広の帽子の季節ヘップバーン
高分子工場わきの猛暑かな
アスファルト溶けし時代よ山車祭り
猛暑日の記録に負けし昼寝かな
積乱雲道は真先にうねり行く
松代・二句
地下本営妄想暗し夏の山

種の落ち着きを持てる。むしろ中途半端で湿気のみあるのが良くない。ましてやや薄日がさし気温が上昇すると、まさに鬱陶しいのみで何もする気がなくなる。

このような状況を表す言葉を探したが見当たらない。〝雨〟はたくさんの顔を持つが、〝湿気〟にはない。〝蒸す〟という語もあるが気候以外の用途も多く情景が定まらない。同様に蛇に対する感情も一言では言い表しようがない。もしかしたら、人間はいやなものには最小限の言葉しか与えなかったのかもしれない。

山の夏冷たく濡らし地下本営

高原にぞろり買出しラガーマン

菅平

蝉しぐれ孤島のごとき哲学棟

秋

二〇〇七年

秋分に雨似つかわじ線香《こう》濡るる

巫女の手に秋風白し盃交わす

蝉しぐれ孤島のごとき哲学棟

今年の梅雨は雨らしい雨は降らず、県立女子大学の中庭の木立には蝉が鳴いていた。多くは油蝉だが、ミンミン蝉もいる。その一角の棟で哲学の集中講義を聴講させてもらった。夏のキャンパスには人影がほとんどなく、思索には相応しい雰囲気だった。三日間、朝の十時から夕方六時まで。実は眠気防止ドリンク剤も忍ばせて行った。

テーマの「芸術と倫理」に拘らず、題材はギリシャ、親鸞、聖書、石原吉郎『望郷と

金緞子ロウの炎や秋の燃え

恋心秋社の由緒は千余年

鰯雲若き銀輪駆け抜けり

露の羽を朝に横たえし小鳥あり

金木犀匂いの毎に歩をゆるめ

ゆく秋や蜘蛛は最後の大模様

海』、印象派、『ドン・キホーテ』、クラシック音楽、能の『紅葉狩り』へと縦横無尽にとび、私にとって新しいことと関心事が合い混じり、脳も久しぶりに活性化して眠気など催す時間すらなかった。

　この三日間で「読み解く」ことの深さに感応し、古典への不勉強を痛感した。――「読み解く」には自らの心の深度が必要だ。また深度を持ったものに触れずには、その尺度を必要としない。――そのようなメッセージが強く届いた。

ナンクロに秋の夜長を使いけり

衣触れし肌は秋に向かいたり

長袖の肌合いとなり茶を啜る

艶の字の潜みし文や虫の声

一降りの雨に混じり金木犀

刈り跡に煙残して農夫帰す

カゼクサやもののあはれを
揺らしけり

風草は小さな穂を星のようにつける。秋になると白くなった穂が少しの風でも揺れる。雑草たちがもののあわれを語り始めるのはこの頃だ。

子供の頃の団扇などにはススキの葉などのような草の円弧が描かれたものがあった。夏だから緑色で涼しさを醸し出していた。しかし身近な雑草は全くそのようではなかったし、団扇の絵はある種の「形」を取り出しているものであることは子供心にも意識できた。

人の無き田ごとの煙秋の暮れ
カゼクサやもののあはれを揺らしけり
秋シバや古《いにしえ》誘う風立ちぬ
モクゲンジ羽根になれずの実を散らす
塩田平前山寺

冬　二〇〇七年

星冴える夜となりてそぞろ出づ

ある時期までこの質感のない「形」優先の世界には興味がなかった。ところがいつの間にかその「形」が自分の中に忍び込んでいることに気付くのである。

俗っぽいものであったにしても表現はある「形」の上に成り立つ。今になってそれがいかに強いものであったかと思う。実はむしろ文化の骨格なるものはそこに潜んでいたのではと考える。風草が揺らすものはその日本人の骨格でもあるのではないかと…。

姥捨・四句

寒中の冷気動かじ姨の石

姨捨てのへソなるごとき巨岩かな

冬ざるる姨石の冷気下界撃つ

冬里ははるけく見れり姨捨山

川中で客取り合戦冬の陣

沖縄・六句

金城さん君の冬だね僕ら那覇

万座毛

三味《しゃみ》の音や潮に消え行きアダンの実
潮騒は闇の主たる冬の浜
琉球を昔とせざるな北《ニシ》の風
今帰仁《なきじん》の城吹く風や襟立てぬ
ひめゆりで知覧思いし冬の壕
碧空や我ら何処へ空っ風

碧空に年明けしも常ならず
雪攻めの浅間に朝日走りたり
凍蝶を目で追いたり猫止まる
今様を歌曲に染めし舞台服
寒空や飛雲の啓示あるごとし
碧空の年迎えしも温暖化

予報にはなき雪よ朝にまぶしき
虎落笛現代《いま》は電線弦となる

激情

春　二〇〇八年

松井田五料宿・三句

雛百体の眼と向かえば肌立てり

雛の間に風花舞い入り里の家

冷えし間に居並ぶ雛や不帰の人

目白らも上下左右と春めきぬ

雪解けやよろけし人も長閑ける

ここに来て吾また去りぬ彼岸寺

誕生・十一句

臨月の子と歩みし園や春浅し

啓蟄や命のリレー玉なる子

君生《あ》れし犬も聞こゆ雲には春光

春の子よ出ずる世の平和あらかし

弥生児よ足蹴り強く今に在る

君生《あ》れし犬も聞こゆ
**　雲には春光**

生まれ出るということは、五感をもってこの世の存在を感じるということだ。空気を呼吸し肌に感じ、光を受け、音が振動している。まだ知性はなく言語を持たず世界事象が初源性を持って存在している。しかもそれは言葉にならないものだ。そして人間は以後この世界とは一体何なのかと問い続ける。

吉本隆明が『夏目漱石を読む』（小林秀雄賞受賞）で第一級の作品であるかないかの判断を初源性があるかないか

梅の香や継げる命に出会ひけり

泣き止まぬあらん限りに春震ふ

嬰児に浅き春光眠りつく

生まれ出で血潮めぐりぬ花の時

新生はこの世の春の繋ぎなり

新生は他者の出現春迷ふ

に置いていると書いていた。氏が言うのは人間の奥深くにある初源性のことだが、「私の身体は世界と同じ肉chairでできている」（メルロ・ポンチ）のだから内と外は通じている。氏はまた現代にそういった作家は出ていないとも言う。

　昨今のライト化あるいはポップ化した「アート」に私は感動を覚えることはない。『カラマゾフの兄弟』が売れたことに幾分の望みを感じてはいるが、ドストエフスキーも初源性へとその精神が向かっていった人間だ。

言祝ぎは無用とあらん花圧す

何の花山吹と言いつつ娘《こ》らの行く

待つ春をいくつも過ぎし六十路春

田辺山荘

春まだき哲人の山荘《いえ》見つからず

夏　二〇〇八年

嬰児の重さ寝かせて窓若葉

春まだき哲人の山荘《いえ》
見つからず

今日、京都学派の田辺元が巷間の言説にあがることはほとんどない。戦後、彼はその思想が「大東亜戦争」の意義付けに利用されたことを反省し、北軽井沢に隠棲し思索を続けた。私は恥ずかしながら西田幾多郎の著作も田辺の著作も読んでいないし歯がたたないと思いつつ、その思索の跡は見ておかなければならないとは思っている。

その田辺山荘を訪ねようと林間の道に車を乗り入れたが、案内板も不備で見つから

梅雨寒や訊ねてみれば男下駄

紫陽花や利休鼠の雨に染む

キビタキは渡る合間か梅雨晴れ間

花盗られプランターの穴雨虚し

花匂う珊瑚樹に蜂音群れぬ

七夕や我と孫とに六十年

ず、そのまま数ヵ月が過ぎている。管理は群馬大学が行っているが、残念ながら財政難でキャンパス内への移築を考えているという。

日本の文化を考える上で、西欧との対比が強烈であった時代であったからこそ鮮明に取り出せるものがあるのではと慮る。二〇一二年が田辺没後五〇年に当たる。『図書』五月号で「哲学はいま」と題する座談会が掲載されていた。読みながら哲学がまた必要とされる時代へと風向きが変わりつつあると感じた。

乳呑み児も夏服となり手足見せ

弥生児に初夏の風なり衣替え

軽井沢旧峠・三句

ハルゼミと名前を正し茶屋娘

吾嬬《あづま》はや東は炎夏に沈みおり

夏はるか熊野平に下りし日よ

田辺山荘再訪・二句

哲人の老いて住みし森茂る

懺悔道いずこに在りし茂る森

夏祭り意気を競いて男衆

積乱雲断崖伸ばし時刻む

遠雷やテノールの耳に小さかり

挨拶の言葉も長き蟻の列

我が時も紅にあれ凌霄花

白百合の落ちて残りぬ闇深し

雨と葉のシンフォニックよ森の雷

「四季」聴きつ森の底なる夏は昼

積乱雲分かれて乱雲その速き

積乱雲人影見えぬ槌の音

漣は匆《そう》匆《そう》と夕陽へ休みの田

大内宿・二句

炎暑なる宿場の屋根や荒地草

眼中の一枝揺れたる大暑かな

穴原温泉・二句

カナカナは揃い鳴き初め朝まだき

岩壁の雨筋深し夏の谷

智恵子抄・十三句

夏燃えて安達太良の魂《たま》となりぬべし

夏ジリジリと智恵子抄の深きまで

崩れける命の跡形軒深し
壊れゆく淵よりの色紙に延《は》う
迷いたる迷いたれば簡素なり
嫉妬など無きかのごとくグロキシニア
どどと脈あるごとく絵並びぬ
色紙よそは去りし日の脈拍《みゃく》と見ゆ

「像」残し光太郎の
　去らむといふ

智恵子生家の記念館に入るとまず光太郎の言葉が添えられた智恵子像がある。戦争時は戦意を鼓舞する詩を作った。戦後は、智恵子という人間を知る自分が成しえる事は、智恵子像を残すことだという自覚で制作に望んだ。その後に世を去るという光太郎の言葉に、巨大な激流に翻弄された後の「境地」などとは呼べぬ生身の人間の姿を見る。

光太郎は激情の人だった。

「道程」という詩を教科書で

激情と色紙《いろ》の裂け目に悲劇見ゆ
肉体を形造ると色紙《かみ》の間か
「晩餐」の雷光に肉体《しし》照らされぬ
雷光に目眩めく生の「晩餐」よ
「像」残し光太郎の去らむといふ

習ったが、私にはその単純なアレゴリーが気に入らなかった。また解釈によっては胡散臭い「道徳性」を帯びる。情念を持って生きた後の言葉だから意味がある。それを体験しない子供には教える詩ではない。

人並み外れた激情を智恵子はどう受け止めたのだろうか。館内の紙絵を見ていると、光太郎の「激情」との対比性を感じざるを得ない。智恵子は強気の女性だったようだが、ある時、生来の違いに気付いたはずだ。そう思うと智恵子抄は別の影が見えてくる。

秋　二〇〇八年

秋に祝ぐ巫女の頬へと風の吹く
陽に焼けし肌は秋に隠れつつ
百もある黒鶫に秋空分かたれぬ
子が泣けば秋の夕日は悲しかる
金融の雪崩る音聞く虫の夜に

気層薄かれどかくも碧し秋の空

紺雲の高きに茜秋の風

水溜り秋風起こしは何処にある

雨去りて風の真先に涼の来る

秋雨や蜘蛛ら休みて露玉《たま》飾り

青空に浮かび動かじ女郎蜘蛛

苦き日も遠きに行きぬ秋桜花
母子の秋公園《えん》の真中を過ぎ行けり

冬　二〇〇八年

憎しみも枯草白らばむ過客かな
白枯れし雑草《くさ》に触れたき日も在りし
夢枕寒さを覚ゆ境あり

突然に葉落つ音あり勝手口

絹運ぶ大和は西ぞ雪浅間

東山道

この蕪は北の遺伝子かもしれぬ

金星と木星落つる凍てし山

榛名湖

枯れし山風逆巻きぬ千切れ雲

関ヶ原・三句

雪ざれば肩に荷を置く歩みかな

尺の雪留まりかねし鳥一羽

池の面《つら》氷か雪か横目にて

大阪・四句

寒風や暮れ初む影の薄さかな

黒田家絵図

屏風絵に敗残の酷き冬の城

ビル群に城も沈みぬ寒の淀

大阪城

「夢の夢」言葉抱きて冬に出ぬ

告別・二句

三が日酒の後味訃報知る

告別にもの皆枯れし道を行く

読初の大拙師悟りは言わず

明晰

春　二〇〇九年

空海

初春や牛頭の詩より千余年

節分や父も旧居も夢に去り

キレンジャク逃げて春の惜しきかな

万葉と蝶・二句

万葉に蝶歌わざりとその蝶

蝶の舞何時の世より美にせしか

春来れば命日多き我が家系

参じても界《さかひ》の知れぬ彼岸かな

成り成りて餘り合はざる春衾

酒飲めば眼も潤える花だより

定年に貰いし花は妻にやり

ロドリゲス聴きつつ妻は花生けり

花に修羅憤怒と悲との一重なる

興福寺の阿修羅の顔は人を魅せる。普通、仏像は表情を湛えるものの、それは人間的感情を源泉としていないように思える。対してこの阿修羅像には明らかに我々に近い感情の混合がある。しかも葛藤の姿で立ち現われ、張りつめた緊張感を醸すようだ。力強い意志性と繊細性、闘争性と戸惑い、怒りと悲しみの相克、この対立性が迫ってくる。

感情性の表出とともに、表裏一体ではあるが、表現のリアリティが我々に現代性を感

グラナダも彼処も今の春ならむ

阿修羅像・四句

阿修羅見て愛でる乙女は春謳う

花に修羅憤怒と悲との一重なる

軍樂は空に響くや春の修羅

春霞知に悶えるや阿修羅像

源氏世も生まれまじ花無くば

じさせる。天平の現代性に改めて驚くとともに、鎌倉期にやや興り、後は明治まで待たねばならなかった立体把握の意識に思いをめぐらさざるを得なかった。長く日本人に根付くことのなかったこの感覚を、ギリシャのそれと比較しようとしたが未だ果たせずにいる。

居並ぶ人たちの中に、阿修羅の表情を見出そうとしたが、それはなかった。リアリティとは、「写実」ではなく、抽出と合成によって表現されるものと思いつつ列に流された。

一山を花と盛りたる古墳かな

鶯の姿を見もせで六十路かな

春雨は幹潤す児は育ち時

問ひ迷ふ目覚めてなをも春の夢

痛点もぼやけし皮膚や春の夜半

百余の古墳《ぼ》はるけく地重ね春重ね

百余の古墳《ぼ》はるけく
地重ね春重ね

玉村町には約二百基もの古墳が地表の下に眠っている。幾たびかの浅間の大噴火と利根川の氾濫が泥流となって押し寄せ古墳を少しずつ埋めていった。表面に突き出た部分は後の開墾や耕地整理で均されてしまった。

これにより盗掘を逃れた地下の古墳から「環頭大刀」と「冠の破片」が発見され、昨年、県の重要文化財となった。六世紀の群馬と朝鮮半島との交流を示すと注目された。

夏　二〇〇九年

五月雨に濡れて墓石に納まりぬ

二度上峠

峠来て若葉に浮かぶ浅間かな

鉄路には梅雨降る悲歌のさめざめと

祖母の忌を忘れて自嘲ホトトギス

イヌムギや犬も主も振り向かず

三内丸山を訪れたとき、そこが翡翠や黒曜石を運ぶ船が行き来した港と知った。四千年以上も前の海上交通路の存在は、千五百年前の朝鮮半島との渡航システムが相当進んだものであったと類推するに難くない。

我々は「今」を基準に「過去」を遅れたものとして見がちだ。このバイアスが歴史から生気を奪う。しかし、過去の人々も時間軸の流れの先端に居るという実感の下に生きていたことを忘れてはならない。玉村の地も歴史の先に、時代を謳歌した人々の春があった。

バラ植える余地の無きにもバラを買う

木漏れ日の零れて落ちぬ胸白し

青透かす気流のあれば青葉揺れ

団扇より時に夕風勝りたり

雷光に浮かびし中に君の顔

山車行けば余韻も引かれ去りてゆく

うつつ夢逆さのような熱暑かな

色重ね失敗のごとき熱暑かな

緑《あお》の精夕べの気配に満つるかも

雑草詠・二句

チャヒキからヒシバに廻り田は緑

キシュウスズメノ稗とシマスズメノ稗

ちょきとぱあシマスズメとやら負けており

蚊をたたく幾千年の音景色

秋　二〇〇九年

みずひきの色赤々と世代代え

中世を幾つも幾つも秋街道

ドイツ・五句

石の古都眠る秋夜に音も無し

ローデンベルク

教会の天空《ドーム》を透けり天の碧

ヴィース巡礼教会

墓知れぬ神童の家ぞ黒き傘

モーツァルト

石の古都眠る秋夜に
　　　音も無し

ローデンベルクは中世をそのまま残す。城壁内の宿で未明に目を覚まし、眠ろうと努力しているうちに気が付いた。物音一つしない。三十分ほどじっと聴き耳をたてたが音がない。ああ、これがヨーロッパの石の街の中世なのだと感慨がわき起こった。「いささ群竹」に囲まれた意識と異なるだろうと。

この音の闇の中で、外敵の迫る音を意識するなら、逆にそれは際立つ意識の覚醒になるのではないか。全て明瞭

日本帰国

帰り来て秋澄めど看板の鬱し

冬　二〇〇九年

白嶺の襞深き空群れ帰る

凍り陽のクレーン一つ照射せり

木枯らしや田にポツネンと濡れ羽色

寒椿百年河清人の世よ

ならんとする意識、内と外を明確に区分する意識、そして「意識」そのものを知覚しようとする意識。その基底を見た思いがした。

意識を構造立ててゆけば精神となる。しかしこの精神は道行く風景からは見えない。ゲーテの生家を歩いてみても『ファウスト』は感じ取れない。漱石は『三四郎』の中で広田先生に語らせた。「日本より頭の中の方が広いでしょう」と。バスの窓から風景を見つつ、この地が生み出した書物への渇望を感じた。

加藤周一氏を悼む・二句

明晰を伝えし星の凍てし空

星と在りなむ思索者は寒天へ

派遣切り〝道〟捨てられし師走道

派遣切り解雇の人ら焚火《ひ》も凍てし

飛雲疾《と》し木枯らし果てず海原へ

啄みに花片ゆらりと寒日映ふ

星と在りなむ思索者は
　　　　　　寒天へ

　私は思索の在り様を小林秀雄と加藤周一から学んだ。前者からは思索の根底に〝観る〟ことを、後者からは明晰さを支える広大な〝知〟を教えられた。その加藤周一が亡くなった。両者の違いはプラトンとアリストテレスに例えられようか。氏の思考は理性に信を置きつつ、自家薬籠中、歴史上の膨大な事例を彷徨い、語るべきものを引き出そうとする。その論理は〝反語〟的と私は感じていた。

　そしてこの文を書く数日前

廃業の窓に初日の虚しふす
成人の並び小股や袖も揺れ

に、氏が昨年八月病床にあってカトリックの洗礼を受けたことを知った。〝知〟に終わらぬという〝反語〟を残して逝った。

　カントを読んだからといってカントにはなれないように、人は自力で一から思索をしなければならない。だが、ゲーテも言うように、先人から借り入れて人は成り立つのでもある。この距離がいかに遠いことか。思索は遠く時に芸術は飛び越える。両者とも芸術への造詣の深さは比を見なかった。

茜雲

春　二〇一〇年

蝶出でし未だ枯野は萌えざりし

春風に分子の匂いあるごとく

新芽吹く力に押さるる歳となる

叱責し気まずきままに新茶飲む

新年度筋通したき事多し

雲間より落暉《らっき》に麦の穂波かな

薄幸の墓石も今なく春野ゲシ

羽鳥千尋

セッカ囀るを聴きたき道のあり

あれはコチドリかと知れり春弾む

ほとんどが雲雀の中の行々子かな

セッカ囀るを聴きたき
道のあり

春の麦畑はヒバリの囀りで占領される。その中で時折りセッカやヨシキリの鳴き声が割って入る。セッカはヒッヒッヒッと通る声とチャッチャッチャッとやや濁った声を使い分ける。麦畑の遠くからヒッヒッと聞こえ始めて波形の飛び方が近づき、また遠ざかりと、小さな影は横溢するヒバリの中で、我ここにありと主張しているようだ。縄張りの主張だろうが、その道を通るといつも出くわすエリアというものがある。

夏　二〇一〇年

羊蹄《ぎしぎし》の名も暑く鬱し道延べる

シナプスの通りよき朝薔薇を香ぐ

理髪師に老いの影あり蠅払う

更衣待ちていそふな箪笥かな

大緑樹葉の揺れあれど鳥は無し

　このような鳥たちの音の風景とともに、今では車が傍らを通り過ぎていく。運よくカワラヒワを見かけるエリアもあるが、そこは高速道路に近い。人工的な音の中で、鳥の囀りも生活に溶け込むことが難しくなった。

　ブラウニングの「あげ雲雀名乗りいで」の風景を思い浮かべるが、そこには時代を経た時間が横たわっている。「全て世は事もなし」と思える瞬間も、もはやない。

　セッカの遠近が時代の遠近感と重なる。

黒字国内需拡大我熱暑

鵜の群れぬ川荒れしまま解禁日

赤子褒め泣かぬは涼し茶菓子かな

生《き》の匂う一番湯にぞ夏にかし

遠雷や稚児ら別れて母の手に

辰巳には深き軒あり夏館

木々蒸れて雷《いかずち》近し虫《け》虫《け》隠る

サイゴン

寸前にスコール逃れバス走る

カンボジア・三句

弾痕のクメールの宮は癒えずあり

虐殺を生き延びし女《ひと》か雨に濡る

ガジュマロは巨ダコのごとく遺跡呑む

明星の残暑に倦みて灯るかな

蔓々《まんまん》と視界閉ざせし村は昼

客おらずロビーの内に鬼ヤンマ

炎《ほむら》立ちせよとの歌よ夏の闇　吉野秀雄

熱中症熱暑の言葉日々続く

「我」見つからず夏に倦む身のほかに

玉の汗ベリーダンスの国いかに

百日紅枝々の花の薄れゆく
日と日とに百日紅の落ちてゆき

秋　二〇一〇年

雲穿つ青きに秋の息を吸う
赤城嶺の彫り深くして秋の暮
茜雲延びて百キロはありぬべし

友ありて玉酒交わして秋流る

重ね着の頃合いはかる朝となり

工夫らは釣瓶落としに急ぎおり

稲越ゆる野稗稗を揺らし群雀

犬稗も毛稗もすでに稲越えり

休耕田《やすみだ》の秋草残し鷺去りぬ

簾見る気這《けわ》ひのほかに
何あらむ

上村松園展を見て、簾を画材に取り込む絵の多いことに気付いた。調べてみたら、松園には十代後半の修練時代に、一本の線を黙々と引いて過ごしたという逸話があった。

私が松園展を見ようとしたのは、河原道三という人の認識と精神をめぐるエッセイに、息子上村松篁が経験したという神秘体験が載っていたからだ。それをここで書く紙幅はないが、主客合一と呼べる体験だった。〝ものを見る

冷麦茶前線座して残りけり

上村松園

簾見る気《け》這《わ》ひのほかに何あらむ

漱石山坊

山坊を訪ねてみれば天高し

浄輪寺

紅菊や孝和偲びし人あらん

神楽坂

木犀や写真家は路地を好みたり

秋の宴・三句

早く来て宴待つ月に独り顔

眼〟とは何か、抱える問いをさらに深めたいと思った。松園にそのヒントがありはしないかそんな思いがあってのことだった。

　私が感嘆したのは「夕べ」という絵の簾の技巧だった。しかし、見ているうちに技巧は後ろに退く。そこに本来の表現が立ちあがる。この句はその時の私の心の動きである。松園の逸話から、修業時代のピカソが冬までのデッサンを燃やし一冬の暖をとったという逸話を思い出した。線そのものに嘘も本当もないが、画家の眼にはそれがある。

酒を待つ破れ障子の十三夜

油滲む机に秋刀魚の旧知かな

野分け来て雨なき巨雲の咆哮し

時間道中の様ならむ女郎蜘蛛

秋の夕溶け行く人の背筋立つ

秋風の抜けたる宿や大ケヤキ

町内神楽寺・二句

落葉焚く人はいずこや寺の森

寺の森落ち葉の煙奥へ這い

時雨雲西より追い立つ風立ちぬ

冬　二〇一〇年

隧道に赤く伸べて冬日落つ

子守唄せがんで呆気なし羽毛掛く

尉鶲《じょうびたき》シベリア下しの昨日今日

師走とて煩さ増せしテレビ切る

床屋・二句

毛の細くなりましたねと師走床屋《とこ》

頭蓋とて変るものなれさて今年

眼を閉じて夢戻りたき大晦日

耳鳴りつ酒の満ち引く年忘れ

頭蓋とて変るものなれ
　　さて今年

「最近、顔が親父に似てきたと言われて…」と、床屋で話し出したら、「頬骨は張りがなくなるし、上も後退するから。内の人も面長になって。」と奥さん。私が「え、骨の形が変るんですか?」と驚くと、「そうよ、頭の恰好だって変るんだから。」と平然と答えた。

　私は先入観を破られたと同時に、長年同じ人の顔を触ってきた人の実感だろうと納得した。同時に、この頭蓋の内の脳細胞への見方も近年脳科

冬鷺は凍てし朝日の紅の色

熱燗や筆とらぬ日も三日なる

掻巻きの思い出さぐり毛布巻く

門松や一休の歌のささめ言《ご》つ

知る人の余命を聞きし年明ける

落葉松の針降る朝の輝けり

学とともに変ってきたことへと思いを連ねた。脳は成長を止めない。

　自分でも脳の変化を実感したことがなくはない。一つはコンピュータのアルゴリズムを夢に出るほど追求した後と、もう一つは新聞記事の内容と文構成を考え続けた後のことである。文と論理が結合してきたのも、この経験あればこそと、今では振り返られる。

　さて今年。脳細胞には何か負荷を与えなければならない。しかも一つの流れが必要だろう。分散はいけない。

小春日や手帳は机に残り居る

叔父逝去

晴天へ卆寿の旅路雪浅間

利き酒会・三句

利き酒に無粋はおらず声のほど

酒利くや社の灯り声漏る

酒搾り新たなるなり日の本の

山越ゆる大雲せかす師走かな

セザンヌを飾り見て

初春を踏む

暮れにセザンヌの複製画が届いて居間に飾った。掃除を終えた部屋の空気が凛然とした。ちょうどガスケの『セザンヌ』を読み始めたところで、重さゆえ躊躇していたところにもう一歩踏み入るのだと心した。

アインシュタインがニュートン時空を変えたように、セザンヌは絵画の空間世界を変えた。しかも「自然」に自分の「眼」を貼り付けるという苦行だった。「眼から血が出てくるのではないか」と自ら

揺蕩《たゆと》ふて定めがたき多く年越せり

セザンヌを飾り見て初春を踏む

親族新年の会

一人欠け一人の生命《いのち》松の酒会《え》

子らの声なき団地射す初日かな

屋根屋根屋根に初日満ち山々青し

白髪霜細竹垣の戻り道

言う。キュビズムはセザンヌの血がなければ生まれなかった。

絵画において芸術を語るにはセザンヌを通過しなければならないだろう。絵画を趣向表現から視覚そのものによる芸術とし、文学的テーマを排除して、色彩と線とフォルムに還元した。自然そのものに対峙して孤独の中、身を賭し、今も真の芸術とはなにかを語り続ける。

ミラーニューロン発見の科学者がメルロ＝ポンチに心酔し、その哲学者はセザンヌに心酔する。身を引締め踏み入る本流である。

序曲めき湖面へ風花口付けり

風花舞う水面のごとく生死あり

西日寥なり冬空に余白なし

不安とは冬日の浮塵射すごとし

雲払い銀嶺輝せり上州路

木枯らしや障子に踊る影や影

大震災

春　二〇一一年

節句・四句

節句来て乱れ除けたし机上かな

節会ごと鬼の姿も遠のきぬ

薄れゆく我執も情も節会ごと

宗吾霊堂

宗吾霊年女《め》並びて豆を撒く

明度増す乙女の服に春来たり

霞立つ朝日に向かひ車駆る

ソーラーのパワー上げ行く日伸びかな

桜木を床に張り替え桜待つ

孫・三句

怖い顔雛壇にありと近寄らず

初雛よこの子に願い届かしめ

初雛やおつつむの猫毛薄きまま

被災者は言葉失しめ我言はむ

大震災の惨状と原発の不安が見る見るうちに巨大化していく中で、これを受け止める自分の感性に、十分な感応力があるのかと疑念が湧いた。感性に成り立つ俳句が、何を表現できるのだろうか。「絶句」状況から、少しずつ言葉を探り始めた。

まず直面したのは、心の何処にも季語を受け入れる余地のないことだった。季語は大切な日本文化と思ってはいるが、それは、平和で心に余裕を持てればこそのものと、

啓蟄や洞《ほら》に気怠さ残しけり

千年の津波を今にし何故に春

大震災を受けて・十六句

巨大さは句をも許さず想千《ち》千《ぢ》なり

巨大とふ地殻動きて地軸振る

被災者は言葉失しめ我言はむ

天土《あまつち》の悲《ひ》に添い行くべし道如何に

画然とした様を突き付けられた。

　次に見えたのは、現代語の冗長感だった。音《おん》は短いほど強い。しかし意味の正確さを重視する現代語は「音」の情感を犠牲にする。結果、自然と古語へと感性が向いた。

　物理的な力に文芸は無力だ。その圧倒的な力は、俳句を生む余地を奪うだろう。だが、被災者もいつか言葉を取り戻す。その時にはよりリアルな言葉を我々に見せてくれることだろう。それを願いつつ。

元つ海惨残せしを知らじとぞ
秋津島地動の記文連綿たり
嘆き身を残さぬ人も在りぬらむ
見えぬこと大いなること地を打ちぬ
この弥生プロメテウスの怒り知る
傲慢も在りぬべしさま人知とは

切なしの言葉突如に
　身に満ちぬ

大震災から二週間ほど経た日、テレビから被災者の「切ない」という言葉が耳に入った。何かをやり掛けていた私は動きが止まった。一気にかつての「切なさ」を伴った感情が甦り、胸を締め付け、語った婦人に見入った。

私は、この言葉を忘れ掛けていた。ああ、日本にはこの言葉が在ったのだと思いつつ、私を含めて日本人がこの感情を忘れつつあると気付いた。

「切ない」は「悲しい」と

眼前に安全神話の崩れゆき
安全を神話と知るの愚挙となる
原子も花も摂理なり誰が止めそ
切なしの言葉在りしの刹《くに》なるや
切なしの言葉突如に身に満ちぬ
震災あり山容毅然と春を抜く

も異なる。表現しようのなさ、切羽詰まったさま、そして自分自身から決して切り離すことのできないさまがある。この感情の進む方向は決して発散する方向でなく、自分自身に向かう。長い内面化の過程でもあるだろう。

日本人は対人的な感情表現が得意でないという説がある。しかし、内面化していくときに、単純な表出は困難である。だから、短歌や俳句が、日常として日本人に必要なのも、これと表裏をなすと言える。

喉仏言ひて食らひて老いの春
心をも野に飛ばしたり春の風
枯棘《おどろ》除けて新芽の息吹きたり
夢の中花野にありて夢かとも
星朧手持ちぶさたの眠気かな
古き春 BEI MIR BIST DU SCHON の JAZZ

万葉に在りし情《こころ》や揚げ雲

「玉村の風景というと麦畑だね。」と長女が言った。確かに、春の玉村には麦畑しかない。そこで一斉に鳴き出す雲雀は、春を謳歌するようでいて、なぜか切なさを感じさせる。生の息吹きが照射する傍らの感傷でもある。

若いころから身に滲み付いたこの情景は、憶良の歌に共感するものだった。私なりに言えば、これは〝野〟に寄ろうとする心情に思える。日本の原風景として、山や川や海をあげる人は多いが、〝野〟は捨象されやすい。それは片

万葉に在りし情《こころ》や揚げ雲雀

や形を結びやすく、片や形を結びにくい点にあるだろう。しかし、能の舞台として野や原は、定めがたい何者かが立ち上がる「場」として設定される。日常の生活に近く、奥底に潜む心情と親和していく何者かがあるように思える。

　イギリスの野でブラウニングは「揚雲雀名のり出で…」と歌った。春と雲雀と野と、そこに喚起される感情の何か似通ったものがある。かつ、時代を超えて。

夏　二〇一一年

梅雨暗や板間を走る子らに倦む

トルコにて・七句

トロイより臨めば海面青きまま

ホメロスの神世の石やケシの花

九層の文明晒して日影濃し

夏の日の影深くあり大理石《いし》の夢

寝汗にて覚むればコーラン遥かなり

朝まだき蒸せし屋々にコーラン降る

馬の国カッパドキアは暮れ明し

軍樂《メフテル》を内耳に聴きし夏の宮

トプカプ宮殿

億辺に一の高潮《こうちょう》蟻の海

風立ちて林間に遠しホトトギス

酒細くなりし日々こそロック酒

「相対」の世に成り果てロック酒

災害史千年朧の酷暑かな

爪痕は史書《ふみ》のみなりて空つ蝉

汗染みも命あらばと災害史

史書みれば天明の人叫喚せり
あえなくは現の蝉の仏入り
簾垂る奥屋の中に人気あり
夏が往く樹林帯抜けし轍道

秋　二〇一一年

雨行けば雲も追い行きアカネ飛ぶ

史書みれば天明の人
　　　　叫喚せり

今年の夏は玉村町の災害史を調べることで終わった。あるイベントで展示するためのものだったが、その過程で多くの事を学ばせてもらった。群馬県が災害が少ない県だというのも、作られた風説にすぎない。

榛名山の噴火は古墳時代の勢力地図を塗り替え、同山は現代でも活火山の分類にある。浅間山も弥生、天仁、天明と過去三回の大噴火があった。天仁の噴火を読み解くと、延喜式で大国十三カ国の

銀輪の爽やかな影朝を切る

秋草の倒るる先に人家あり

子の泣くも部屋に籠りぬ秋湿り

九州・七句

大陸と秋分けらし唐津浜

唐津浜松の実聴くや唐の波

柳川

櫨《はじ》の実の舳先に落ちて帰らなむ

一つであった上野国《かみつけ》が、その後精彩を欠いていったのもうなずける。つい最近、県内の災害を調べていたある人が、律令制崩壊の原因を天仁の噴火とし、私は「玉村御厨《みくりや》」の成立がそれだと話が一致した。

さて、八ツ場ダム問題の結論が本年中に出ると言うが、浅間の噴火との関係は誰も問題にしていない。玉村町までへも押し寄せ、一、二mも堆積した泥流を八ツ場で食い止めるというのだろうか。決壊は？瞬時に溢れた水は？もはや「想定外」では許されまい。

白秋の柳川舟や銀の波

鵲《かささぎ》よ白秋連れしかかの空に

まほらべし山門《やまと》は今は秋の風

長崎

初冴えや国際墓地は夜に黒し

残り蟬寿命の話も酒の妻

虫めがね遊びとなりぬ三《み》歳《つ》の秋

椋鳥の大群割れぬ刈田空

秋風や巣綻び蜘蛛揺れるまま

待ち心蜘蛛の巣揺らす秋の風

秋刀魚食う舌に美酒を絡めたり

冬　二〇一一年

祭り跡木枯し下し紙の舞う

指凍ゆ夜道紛らせ鼻歌で

人影の長く成りぬれば裾寒し

この師走準備の足らぬ気分あり

店の主師走に慌て提灯《ひ》を忘れ

暮れ詰まり昭和初年に

怯ゆ影

俳句を作っていると、その形式に収まりやすいテーマと、そぐわないテーマに出合わざるを得ない。前者は自然のものであり日常のものである。後者は政治や経済、あるいは科学、哲学に関するものである。後者は、日常の中に滲みだす感情が対象となる。

　バブル崩壊以降、デフレ状況と今日に至る様子は、かつての関東大震災、金融恐慌、世界恐慌と歩んだ道を彷彿させる。私たちは需要を喚起するケインズ的処方箋が有効

真打に待ってましたと年忘れ

帰りみて誰か柚子置く冬至かな

「難」の字が年の文字なり影長し

居並ぶは若人ばかり除夜の鐘

暮れ詰まり昭和初年に怯ゆ影

この景気よろけしままに年明くる

だと教わったが（今もその対処療法のみ）、結局は構造的変化なしに安定へは向かわなかった。この不安が今や日常的気分となっている。

最近、平家滅亡の背景には宋銭需給によるデフレからハイパーインフレへの経済変化があったことを知った。確かに全てではないが、歴史の何者かは繰り返されている。

当然、生活する者の感情表現には時代性が刻印される。私たちの不安は、時代制約の内にある感情だとは承知しているものの、狂った歯車は修正不能という歴史も知る。

年明けて寿ぐ言葉に浸りたし

良著へと手延べたき気ある年初かな

哲辞もて心遇したし年の明け

文明の彷徨見たり干支跨ぐ

同級生・三句

山颪し地舐め草舐め君は逝く

松の内なれど君は老松ならず

門松や豪酒の思い出君に捧ぐ

町の選挙

票取りに人心分けて年の明け

何託す五七五の音《おん》に空っ風

ピラカンサ誉めてやるも耳遠く

寒風やサンルームには鉢の主

身熱く酔の夜半には寒の水

身の火照り生く証なり寒衾

夢あわせ明けてひと月変化なし

枝落とし木肌に涙の雨となる

枝打ちてぽたりぽたりと芽の泪

どんど焼き焦げたる跡の鴉かな

ボーダーのペタリと白銀汚したり

「激情」のピアノ仕舞えば寒の風

「ブラボー」と熱せし客ら冬に散る

オリオンを切り裂く風と覚ゆるか

風花に交じる飛礫《つぶて》や上毛野

寺
椿

春　二〇一二年

背の曲がる老婆や小さき黄水仙

京都・四句

舞う雪と朝日差し交ふ春の京

公案の縁なき徒にも寺椿

鶯の左右に通う院の道

梅壺は五分咲く庭の奥にあり

桜まだ人事決まらぬ人の居て

いらぬほど春雨もどきに君は傘

春一番なきまま前線通過せり

病院・二句

孫抱く春夜を冷やしドアの風

急患に単《ひとえ》も欲しく春夜更く

穴あきのズボンに美なき春もなし

渡り待つ餌台の鳥に順位あり

一冬を今去る時か群れの立つ

日脚延ぶ餌台の鳥の立つ予感

カフェにさす陽の春めきて長居かな

新園児覚めた子あり泣く子あり

燕来て鶫は去りし野辺の色

日永なり石工《いしく》の涙縷々語る
春光や碑刻に触るる指の先
うらうらの碑壑《がく》に尋ぬ語り部を
避難者の語りも滲む春の色
ハルジオン傍らにあれば摘みてみる
大和にはその名も無きしハルジオン

日永なり石工《いしく》の涙縷々語る

石碑は身近にあるが、その彫りを見るなど思いも寄らなかった。ところが玉村宿本陣跡、綾小路有長の歌碑の「江戸亀年刻」を調べるうちに、森章二先生の著作に出合い、別世界を知った。亀年が名石工「宮亀年」と推察していたが、著作に亀年のことも詳しく書かれており、不躾ながらも先生に手紙を出した。

この四月わざわざ見に来られ、丸彫だが、薬研彫が残り、粗さもあるので、歌碑は三代目宮亀年の修業時代のものだろうとされた。

夏　二〇一二年

寿や五月雨あがる朝の来ぬ

吉田秀和氏逝く

樂興の語り部逝きぬ緑《あお》萌えて

義弟逝く・四句

病室にカーテン押込む梅雨の風

逝く人へ付添ふ人に梅雨暗し

息浅くなりつつ間にも梅雨の這ふ

町内の碑を廻っていただいた後、歴史資料館の事務室で話を伺った。碑刻は江戸末期から明治にかけて日本独自の芸が花開き、大正以後その技は滅んだ。戦後に残る親方たちから直接に話を聞きとった先生は、五十五までは珪肺で生きられないと知りつつ技に命を賭けた石工たちを、目を潤ませて語った。そして御本人をもって語る人もいなくなると。

気がつくと、もう閉館時間を過ぎていた。先生を送るとき、日は山の端にあった。

永訣は朝顔まだき辰の刻

百年忌行き交ふ車や麦の秋

羽鳥千尋・五句

百年を夢摧《くだ》くままに麦の秋

青春に気負いもありや桐青葉

緑陰の濃くなる下に墓碑のなし

新しき塔婆となりぬ初夏の下

百年忌行き交ふ車や麦の秋

森鴎外の小説に『羽鳥千尋』という短編がある。板井村（現玉村町板井）に実在した羽鳥千尋が鴎外に宛てた手紙を、二十六歳で散った千尋の死後、鴎外が脚色して小説とした。その千尋が亡くなって今年が百年にあたる。

考証と伝記は佐々木啓之氏著『眠れ胡蝶よやすらけく――鴎外に愛された一青年の生涯――』に詳しい。軍医であった父の死後、親類の債務保証などで没落、旧制高崎中学を首席で卒業しながら進学叶わず、独学で医師国家試験

月出れば光満ちさやぐ田の水面

妹の来てしばらく語りぬ缶ビール

ちゃんぽんの悪きと言いつ終い焼酎

梅雨晴れ間地平の雲は藍の濃く

木陰得て昼を取る人眠る人

風ありて暑さまだよしと道すがら

を目指した。後期実地試験のため、意を決して鴎外に長文をしたためた。

喀血して担架で自宅から高崎まで運ばれる様は、今との乖離は甚だしい。しかし今のほうが持つ負の乖離として、「志」という精神が「希望」という弱々しい気持ちにしかなれない現代人の様を、私たちに照射してみせてくれる。

この五月に、吉田秀和氏が九十八歳で亡くなられたが、近くでは義弟の死もあり、今年の初夏は追悼の季節となった。

寺
椿

添削のあれやこれやと午睡かな

ゴルフとは反射殺ぐ技と麦酒干す

鉄という熱きを走らせ夏の旅

転寝にふと声清けし扇風機

午睡から声清けゆく目覚めかな

起きねばと目覚めてみれば身は冷えし

日清は百余の彼方秋の海

尖閣の領土騒動、私には突然過去の亡霊が立ち上がってきたように見えた。そこには二つの顔が見えた。表には、被害者にとって傷は永く忘れ難くあるという怨嗟の顔。裏には中国が自ら抱える過去である。後者には日本人が理解し難い中国の複雑な姿がある。

浜矩子氏は封建、近代、現代が同時混在する中国の難しさを指摘するとともに、狭さゆえの井の中の蛙でなく、辺縁がはるか彼方にある巨大さゆえ、井の中にあることを知

寺椿

秋

二〇一二年

赤い実を鳥は左右へ持てあまし

一文を仕上げへ一年秋となり

群れの来てまた群れ去りぬ実も熟す

尖閣紛争・六句

日清は百余の彼方秋の海

暴動は九月に発して三日なり

らないとの疑念を示した。私が危惧するのは軍事力を信奉する政治力学が復活することである。それを中国自身が自覚していないことも。

M・ウェーバーの、古くから商業の発達した中国で、なぜ資本主義が生まれなかったかの指摘と「信用」の文字が重なる。中国への警句を「先進国の焼きもち」とするのは、都合のよい解釈をする「阿Q」を見る思いだ。

中国には、現代の「魯迅」もいるのだが…。

寺 椿

野分ゆく怨嗟の声の傷深し
秋焼けや怨嗟の跡は闇となり
未熟なる帝国似たる虫の闇
二百二十日過ぎて尖閣波高し
秋立ちて慣れぬ言葉の身に寒し
レ・フィユ・モルト半世紀のちの初老かな

童謡を子へと想いし秋アカネ

「そうですか」告知受けし人梨剥きぬ

この闇を語りに生きし虫は鳴く

口笛・三句

口笛の無き街となり秋の風

涼触れて青き口笛甦り

少年よあの秋空に口笛吹けよ

秋蝶の飛び去り跡に影想う
部屋灯り消えて十六夜輝きぬ
酔ひ覚めと秋雨受けて戸口出る
幾夜聴くソナタの今宵初嵐
ピアニッシモ野分の風に聴かざれし
変調に野分の音を重ねたる

寺椿

冬　二〇二二年

従弟告別へ・二句

抹茶ラテすする時雨や人は交う

糸時雨黒衣の肩の動かざる

川の在り此岸の家にて去年今年

枝打ちの高さに眺む世間かな

枝打ちや十尺上の物見なり

松の会を控ゆる声の有りし年

京蕪の裾分け漬けてよき日かな

山行回想

白き峰かの道程の遥かなる

二度上峠

白き峰峠に渡る天つ風

福島橋上流

利根流る地面《も》に初日の冴え満ちつ

初日とて有難き生《な》す自転かな

初日の出大気透けゆき屋根亘る
人はみな北を上とす寒北斗
一打ごとピアノ転音寒の夜
連音の冬に染み出す月光曲
月光の音流れ出て冬更ける
一転の木枯らし荒れる通りかな

寺
椿

ペン先を震わす凍え銀の色

『懺悔道』記す心は氷雪下

暖の有り「うふふふ」も良し思惟如何

水上

雪山を通る列車の響く朝

北風や行きつ戻りつ想成らず

聞かぬ子を泣かせたままに蜜柑剥く

『懺悔道』記す心は氷雪下

以前にも田辺元の北軽井沢の山荘のことを書いたが、隠遁したのは昭和二十年七月だった。昭和三十七年に群大病院で死ぬまでの居だった。弟子たちが冬の酷寒を心配して箱根への転地を勧めたが受け入れなかった。

『懺悔道としての哲学』は昭和二十一年に出版しているから、この執筆は戦中下に行なわれたものだろう。

私が心打たれるのは、その哲学の内容というよりも、ものに処する時の精神の在り方である。むろん身体を苛酷な

寺椿

ウィルスで新年からの当外れ

新春に口耳《こうじ》四寸を諌められ

梵天の依代《よりしろ》吹かれ祭り衆

四方固め獅子舞う村の外れかな

状況におけば、優れた思索ができるという逆の真はない。しかし、ある精神状態に自らを置くには、周囲の状況は無関係ではない。思索する、表現する、これらを行なうには不可欠である。

田辺元は「下界に下りてアメリカ兵や敗戦後の日本人の頽廃を見るのが耐えられぬ」と弟子の勧めを断ったが、非日常的と非難はできない。これも哲学者の日常である。

寺 椿

螢窓

春　二〇一三年

ＰＭ2.5・二句

浮粒子に人為成り果て黄砂降る

中華から不毛の浸潤黄砂巻く

抗日映画

「怨望」の再生産に春失す

黄花咲くノボロギクの葉青々し

啓蟄や古文書語らふ翁かな

古文書より

掻ひ捕りの殺生に行くと江戸の人
「立志門」義務の名を捨て卒し行く
寒続き七寒のみと恨み節
庶民《もろびと》を絵巻に見つつ花を待つ
カラー車の赤黄と並び春を疾《と》す
脳味噌の春風ふかれゆらゆらり

あれこれの予定捨てたき春の昼

霞立つ人事言い合う部屋の隅

オランダ・十三句

オランダへ防寒着盛る鞄かな

寒気占めアムスは未だ春ならず

アムステルダム音楽劇場

幕間には珈琲の暖運河凍つ

ライデン

シーボルト館に雪の舞い落ちる

日も差さずアンネの床は寒々し

トラムには着膨れし人増えて行き

鈍色《にびいろ》に運河も服も感ぜられ

ロッテルダム

乗り継ぎを失してホームに手凍ゆ

ズンデルドルプ・二句

氷上を白鳥も滑り歩かれず

跳ね橋を寒風刺して村籠る

バーンアッケルス公園内のマンション・二句

居間温し林間五階は野鳥の場

白秋の鵲《かささぎ》これと日本《くに》思う

ベルギー王立美術館

ブリューゲル冬に庶民は元気なり

孫・三句

若芽吹く泣く子の声の仁王立ち

平成に生れしその子昭和の日

自転車に乗れたと自慢の柏餅

春蝉の振動あふれ森溺る

夏　二〇一三年

梅雨裂ける光背に群青の山

新聞に梅雨這い寄るインク香ぐ

芝のなか蚯蚓盛る土のやはらかき

夫留守に梅落とすらむ姉被り

さらさらと齢《とし》経し君や
　　リラの頃

五・七・五の十七文字を一読するだけでは何を言っているのか分からないことが間々ある。この句もリラの花言葉を「初恋」と知れば靄が晴れるかもしれない。

一般的に、歳と経験に比例し、心も豊かになると考えがちだが、むしろ感性の柔軟性を失い、心には垢がたまる。だから昔の性格のまま、心がスッと通った人がいると驚く。濁りなく来た驚きである。

岡潔は研究室に「世間を持ち込むな」と定め「だから空

あの人が鬱になれりと青時雨

住ひ居る心地なく梅雨は味気なし

青時雨カッターの櫓の苦き音

さらさらと齢経し君やリラの頃

精霊の木瓜に乗りて宵の風

田植機の震わす音の目覚めかな

気が澄んでいる」といった。私たちは世間との断絶はできないから、こういう人の性格には、波乱に荒立たず、心を屈折させないという良さがあるようだ。学問や芸術に打ち込む人にもそのような良さがある。

以前、熱田神宮の参道で、品性漂う老婦人とすれ違ったことがある。私と娘、二人で振り返りつつ「あの品はどこから来るのか」と話したことがある。世間にあり世間を離れること一朝一夕ではないだろう。

いつまでも句をいじいじと梅雨湿り

夏空に惜別従容さっと過《よ》ぐ

七夕や天と宙との別れかな

ビアガーデン人好きばかりかと思う

祭囃子《おはやし》の習ひ太鼓や風に乗る

草取りの手に雨ほっと人心

梅雨明けや味噌の出来やや辛し

田植え頃雨に懐しきコンチェルト

視野狭きネット炎上熱暑かな

検査入院・四句

良悪の判にと切除土用過ぐ

この夏は身に経る年を知りぬかな

短夜をうつうつと管に排尿す

立秋や結果よろしと医師の声

符号の碑EはMC二乗と原爆忌

読書・三句

寝苦しき夜は量子の物語

原子論対立読みしに蚊の唸り

パピルスの黴嗅ぐ気して目を上げる

避暑地にて長袖羽織れば遠き蝉

死に向う歌集が一つ蛍窓《ほたるまど》

「海と空交わらずとして交わらずほのかに紅き一船の見ゆ」（金谷美穂子歌集『花のようなる夢』、甥の志田昌教氏編集）

私の著作への返礼に頂いた著作の一つに金谷氏の歌集があった。難病の床にあり、これをもって筆を置いた一首という。数々の入選作よりも、私はこの歌に動じた。

日々の情を優れた表現で歌うことは多数の習わしである。しかし、この歌は個情を離れて、まさにこの世界を見る透徹した目がある。「あき

倉渕

個展出て青山の道を帰り来ぬ

貶《けな》し口言わずがよしの猛暑かな

蟻地獄気長のほどや穴の径

古文書に読点欲しや蟬しぐれ

死に向う歌集が一つ蛍窓《ほたるまど》

らめではない諦念がある」と返礼では書き表した。

机の横の窓にこの歌集を置き、思ったのは、ときに叙事が叙情を上回ること、この境地を得ることの難しさである。金谷氏の他の歌も「情」と「事」のバランスの良い秀歌が多いが、それを経ての頂点でもあるだろう。

「交わらずとして交わらず」にある空と海の狭間にある人造物としての船、それは我の乗る船でもある。摂理に人は情を通じる。

秋　二〇一三年

一転の秋呼吸もやや軽くなり

キジ鳩の朝露くぐる声遠し

野良犬のとぼとぼとぼと秋進む

元島名将軍塚古墳

古墳登す秋雨笹に滴たりし

帰り夜は白き稲穂の闇明り

フェスティバル声の揚りし秋の空

いつの間に燕なき空高き鳥

雨音に夜半の目覚めや虫黙す

簾なき日差しは畳半ばなる

羽咋・二句

この浜で祖母は育ちし秋の波

身に染みて祖母育みし浜に立つ

木遣唄くづして秋の口元や

冬　二〇一三年

闇道に枯葉音立て背を襲ふ

枯枝は紅さし見えぬ粒の雨

徳利や大年忘れとなりにけり

大豆蒸す匂ひ籠りて寒風入れ

木遣唄くづして秋の口元や

細棹三味線で、端唄「木遣くづし」を思いがけずにある茶房で聴いた。三味線の師匠の奥さんが飛入りで唄われ、予期せぬことの上に一級の芸がこちらの体に沁みてきた。

締まった口元から出る声は、色を失わず、粋の筋が通っていた。印象を持ち帰り、ネット上で二、三人を聴き比べてみたが、場合によっては花町崩れと感じるもの、あるいはただ声を前に出すという風であった。

締まった口元と、少し声が鼻から抜けるのは実に室内的

味噌仕込み終えれば暮れの歩も進む

麹菌白く舞いたりほぐし指

有馬記念テレビ釘づけ親父衆

八馬身抜きて暮れの券が舞う

何事も揃わぬ夢覚め大晦日

オリオンの今は大地に横たわり

な上品さを醸す。両者は密接な関係にあるのだろう。美智子妃が「が」の発声を鼻から抜けさせるのに苦労したと聞いたが、群馬県人はこれが出来ない。

ちなみに「粋」と「色」との関係は、九鬼周造が『「いき」の構造』で説いている。ヨーロッパに長かった九鬼は、この日本独特な精神構造を逆照射した。からりとしてさっぱりとする秋は、片やしっとりとした情を増す。アンビバレントな「粋」に合う。

オランダ回想

跳ね橋の白き結界去年今年
帰り来て浅間の雪ははや遠き
綿入れの語も懐かしめ外の風
日常の何変りてぞ年明けぬ
初荷など見せぬ習いの今様や
羽子板を子らは見向かず遊び居る

寒風や所作無き侭に
　障子引く

年を経て和の「形式」というものの意味を知るようになる。若い頃というものはこの形式というものがまどろっこしく、時に上辺を繕う偽善とさえ映る。それも多くは正しいし、そのような人もいる。ただそれだけではないと、年をとれば気づく。

形式というものが心と直結するものだと気づくと、自分の日頃の所作がみすぼらしく感じ、その心までが至らぬものに思えてくる。

「しぐさ」とはわずかな心

寒風や所作無き侭に障子引く

七草をかき込み出でて節句去る

土匂ふ畑は春の陽ばかり待つ

雪煙るシグナルよ車のジャズは泣く

雪後に風立ち起り憑依欠く

大雪やひもじき鴉のぽつねんと

の動きが反映された所作を言う。英和辞典を引いても、英語には、一語でその些細なニュアンスまで持った言葉はないようだ。この和的な言葉を、私なりに解釈すれば、この「しぐさ」までが心の内でコントロールされて初めて、所作が真の形式に成りうるのだろうと思う。

逆に形式の側面から所作を整えていくと、自然に心も純化されてくるという作用もあり、障子をばたりと閉めた後の心具合は、冷たい風が吹き抜けた感じでもある。

雪掻きや久しき隣と声交わし

目覚めては厳寒なれど汗滲む

テロ・二句

アルジェの血砂に無惨なり冬日本

砂漠より狂信のテロ冬染める

雨晴れて麦芽《むぎめ》は青く天を向く

風
<small>かぜだま</small>
霊

春　二〇一四年

古文書の字崩し眺め春の雨

メール・二句

春宵に相応しからぬ文《あや》のあり

朧夜やメールに狭し心見ゆ

菜の花も野道も失せし夢となる

春の明け夢は全てに愚かなり

遠き音鈍く明け初めぬ春なれば

春眠を目覚めて子らの敏なるや

ウクライナ政変

クリミアの骰子一擲春悪寒

天心逸話

利休忌や天心申す売れぬ絵を

幾藻屑幾地層なる芽生えかな

辞令持ち歩く人等の牛後かな

遠き音鈍く明け初めぬ
春なれば

明け初めの枕辺には、近くの喧騒がないため、遠くの音がやってくる。この音は、冬に比べて湿度が増すせいか、鋭さが取れてくる。寝床の中で目覚めつつ、遠くの音を聞くのが私は好きである。

茫洋とした中に自分を置いて、それを感じる自分がいる。それも、何も切羽詰ったものがなく、それ故に大らかな存在感というものを感じることができる。

目覚めというものは不思議なものである。全くの無意識

花見酒寝覚めて夕に一人かな

テレビ切り窓辺に春光あるを知る

孫成長・二句

兄のみの入学となりて妹一人

少年の面ふと兆し新入生

夏 二〇一四年

勢おうて薔薇香しき年まぐれ

から意識の覚醒へと、瞬時ともいえる時間で移行する。視覚がまだ働かない時点では、音が意識世界の導入部でもある。

人の意識は刺激によって起動するが、芸術にとって必要なものは、大きな刺激ではない。感受性と刺激との関係では、小さな刺激に反応することを感度がいいと言う。ヴァレリーは八〇年前、刺激過剰の現代が感受性の衰退を招いていると危惧した。今、多くの人はその危惧すら意識しない。

薔薇丈の一丈も超えしピンクかな

国際紛争・三句

中越やウクライナ伝ふこの皐月

サラエボとネオナチの記事デジャブたり

偽なること心の病か黄砂降る

歴史書にて

李氏朝の寂しき攘夷コレラ荒る

梅雨前に難民宛てへと思い立ち

偽なること心の病か
黄砂降る

「So dark the con of man ＝人の欺瞞はかくも邪悪なり」。『ダ・ヴィンチ・コード』にこの言葉を見つけた時、日ごろ考えていたことが、一言に見事に表現され、私個人の感想から、眺望が一気に開けた思いがした。

人は容易《たやす》く欺瞞を行う。欲望のあるところ常に欺瞞が生じる。欺瞞は少なからず理性を侵食する。そして理性の侵食は自己の正当化を要求する。これが個人に留まる場合は、見抜かれた人は軽蔑の対

梅雨の季や子供心も逸《はや》りなし

梅雨の下傘にしゃがみし子の一人

大言を知らずと言えり梅雨の草

歴史みな寂しさとなり夏盛る

暑さにてもあるまい悪しきネット語よ

叔母・三句

歳経ても都会の初夏連れ叔母の来る

象となることで済むが、国家の場合は非常な害悪を生む。

最近、中国の発するコメントに、論理の欠如を意に介しないものが多い。他を納得させる必要なしとする傲慢さである。ここまで露骨に論理や理性を封印できるのはどのような心をもって可能なのか、私には理解できない。

一方、靖国参拝もA級戦犯問題や戦前の思想的役割との論理的説明を世界に示さない。ここにも、説明を要しないとする欺瞞がある。

国々の自画像差異なき五月空

白髪の叔母現れし初夏連れて

叔母越しに思い出見えし夏の海

万緑や「生物」の老師暇のなく

哲学の書触るる指や夏の星

実体は原子に潜み夏の星

物語り物語りへと夏の夜

「ね」語尾を数珠玉繋ぎ

梅雨の店

会話では「ね」を語尾とすることが多い。私が命名してみたのだが、最近これを連発する人が増えた。特に客に接する人に多い。

恐らく丁寧さや優しさを醸し出すと考えているようだ。しかし、この連発は非常に耳障りで聞く方には鬱陶しい。先日も梅雨のメガネ店で大人の会話ができぬものかと思った。

語尾をどうするかというのは日本語では非常に難しい。私もよく迷う。それは、そこ

子らの声よも己《な》の身に無し夕涼み

「ね」語尾を数珠玉繋ぎ梅雨の店

耳纏う「ね」語尾「you know」蚊を払う

鬼胡瓜知らぬ間とやら潜みたり

雷に長居となるや空の瓶

日没のまだ始まらず飾り窓

アムス・二句

に精神性ともいうべきものが反映されてしまうからだ。アメリカ人も「you know」をよく言葉にはさむ人がいる。あるアメリカ人はこれを、頭の中が整理されていないからと解説していた。

哲学用語になるが、エクリチュールという概念がある。「書き言葉」の意味だが転用して、表現法がその人を規定しているという考えである。ヤクザの言葉はヤクザを規定している。人はみな言葉の虜囚であるが、これを意識せずに文学もない。

夏の宵人溢れ出し飾り窓

城塞はオークの緑と花嫁と

ナールデン

アムス・三句

通り雨アンテナの窓を叩きたり

白人のタトウ多き肌あらわ

若さゆえタトウ多きの夏となる

シェーンベルク・三句

古城登すラインの風霊《かぜたま》窓抜けり

ワイン漬け騎士も呆れぬ夏の朝
古城宿涼しき風や旗三旗
幾夏も経ぬ若人ら操出しぬ
汗拭う厨の窓に風もなし
翌日はいつも過ぎたる暑気払い
草取りは切り上げ難き魔性持ち

機器増えて汗のマニュアル憎々し

ＭＳの驕り見えたる訳語かな

秋　二〇一四年

日々のごとサルビア燃えて連なりぬ

略式の盆を送りて鉦三つ

子供らの興味の後をトンボ取り

ＭＳの驕り見えたる
訳語かな

季語を持たない句で味気ないが、翻訳の意味を考えるため、こんな句を作ってみた。

ＭＳとはマイクロソフトのことで、見出しなどで多用されるようになったが、肉の落ちた記号である。この表記を含めて、最近カタカナ語の多用ということで論じられるが、問題は表記の多様化のみではない。

マイクロソフトの用語集を覗くとその本質が見える。一例を挙げよう。――遅延型のコミットモデル（delayed

目に愁い秋は茶色のマスカレイ

試し斬り刀展示の秋曇り

ブドウ狩る指紫に口窄め

同窓の生き来し人や秋の旅

美術展求め得るのは模擬画かな
オルセー美術館展

稲刈や窓辺の会議は静かなる

commit model）――。英語からまさに日本語への直訳が、しかも索引はアルファベット順に載る。意味も見出し同様カタカナ多様の直訳である。よく読むと「確認ボタン」を押させる方法のことである。

ここには自ら作ったカテゴリーをその国の表現に置き換えようという努力はない。カタカナ語を含めて受け入れるは日本人の判断だが、相手からこう提示されると、そこに傲慢さを感じるのは私だけではないだろう。レベルの低い訳者を許容する姿勢も含めて。

大蔓の赤のみ染まり陽の零る
秋雨や集いの人も落ち着きぬ
へイトとは心縛りか案山子立つ
秋刀魚食う大根醬油酒の味
無花果の季節も終わり茶もぬるし
藁綯いに短き稲の穂を垂るる

秋雨や二日の降りに雨具増え

新壁の土香に蘇すは月の夜

抜き足の盗っ人噺や月の夜

小幡郷・二句

紅葉《もみじば》もくすみ墓石は織田七代

紅葉《もみじば》に曇天沁み入り流る水

ヒップポップ秋に縁なきリズムなり

冬　二〇一四年

栗生楽泉園・三句

櫟《いちい》の実赤くも在りし重監房

裁き人訪れ見てや凍てつ日に

酷きこと幾重の鍵と冬の音

待宵や踊る目と会い舞台袖

さんさ舞時雨の頃の袖返し

この師走何忘れむか　魯迅読む

大震災や原発事故を忘れてはならないという声があがる。中国や韓国から日本に対して、歴史を忘れるなという声が届く。しかし多くの日本人は「年忘れ」をする。

「忘れるな」というのは、記憶の再生産を行へということでもあるが、体験しないことを感情をもって再生産するのは「思いこみ」に他ならない。だから歴史家は淡々と語る。プルーストの『失われた時を求めて』の記憶は生の情感にあり、ヘロドトスの『歴

眠れずに冷気染みるや土の壁

中学生

体育館ラップに揺れて時雨逐《お》う

魯迅・二句

この師走何忘れむか魯迅読む

馬《まー》馬《まー》虎《ふー》虎《ふー》に時流れたり雑煮餅

赤城峰を雲蔽いつつ大寒気

紅色の雪の浅間は暮れゆけり

史』にそれはない。

人が自分の人生の全ての記憶を鮮明に呼び起こせるとしたら、人は生きていけないともいう。深層心理はその封印でもあるだろうし、それがあからさまになれば、人は錯乱に陥るだろう。

だからといって、何を忘れてもよいということにはならない。記憶がその人を形作り、分析や思索を可能にするからだ。プルーストはそれを明らかにした。魯迅は中国人（人間）の「自画像」に迫った。忘れてはならない（られない）現実の出来事と、その記憶が魯迅を深化させた。

冬の雨大地はしとど呼応して

テロ・三句

砂嵐「人」を剥落覆面鬼

殺害の幾日過ぎしか雪崩ゆく

狂気ぞと思わぬ狂気の狂気日ぞ

オランダの友・二句

「肺炎」の報あり彼の地酷寒なり

独り身の異国に在りて君の冬

荒船は一夜の雪に衝立てり

一銀貨氷りし床に吸着し

豆撒きの寺をトンビの一巡り

豆撒くと太鼓ドンドと人の寄る

葉
ようぃん
陰

春　二〇一五年

目の潤み花粉来たり山白き

春雨の忍び来たりき我家にも

腹痛に春夜を醒めてカブの音

腹痛き床にてちらちら春の酒

浮かび消え言葉なぞりつ春の床

見慣れしをここぞと花は目に止り

年度替え決め事舞うのごときかな

膏肓《こうこう》の人心ままよ桜咲く

江戸彼岸七分を貰ひて壺へ活く

凡庸の言葉比較か桜式

桜散る式辞に根なき言葉かな

見慣れしをここぞと花は
目に止り

　散歩している風景は、雪でも降れば、一気に変わるが、日々の変化は緩慢だ。変化に目ざとく気付けば、心にさざ波が起きる。それが生きているという自覚でもある。

　ところが、この句では表現できなかったものがある。それは文章でも表現が難しいが、総体としての風景というものだ。私の生や感性が逃れられないもの、私が生きている「ここ」とは一体何なのかという問いの先にあるものだ。

小傘らの居並び行きぬ菜種梅雨

吉野・二句

吉野山桜名残も人の群れ

残り花金峯山寺《きんぷせんじ》は遠き屋根

キビタキの巣作り見たり一会かな

逆に、全てが見慣れて変化しないとしたら、感性は成立しないかもしれないのだが、私の性向は、どこに普遍性があるのかに、つい目を向けてしまう。花を見たあと、今、ここの風景をもう一度見やる。花があるのは「ここ」という場所なのだ。

さらに大きく見れば「空間」という構成物となるが、花を見る感性は、この空間が生み出す四季の中にある。しかも、言葉にはなりにくいが、日本的な四季の概念が我々にも染みついて、その枠の中で花に目を向けている。

夏　二〇一五年

房の香や裏の梅から梅三貫

死を知りぬ孫の年端や緑さす

酔ひの夜の蛙鳴く夜の薄あかり

厠立つ梅雨もしののめ雨垂るる

争ひは天に持ち去れず長き梅雨

死を知りぬ孫の年端や
　　緑さす

　今年七歳になった孫が、大人になるのはいやだという。何故かと聞けば、死んでしまうからだという。「ばあちゃんだっていなくなるんだ。」と言うから、妻は「そんなに早くは死なないよ。」といなした。

　私は祖母から聞かされた話を思い出した。小学校に上がる前だったが、祖母もいつかは死ぬという話を聞かされて、私は泣いたという。

　人が死ということを意識し始めるのはどうも小学校へ上

芍薬を追ひて独我の世を罷る

話飛びあちらこちらや梅雨の席

ヒマワリや四十年ぶりの太陽道

イタリア・六句

ローマ人《びと》石を残しぬ夏盛り

石文明木文化の吾は葉陰《よういん》に

夏の陽や舟は黒けしゴンドリエーレ

がる前後らしい。そこから死へ向かって人は歩き続ける。若い頃はまだまだ先と思うが、いつの間にかその時はやってくる。この死の影を背負わなければ、文学や芸術もないだろう。

しかしこれを陰とすれば、実際の生活は陽の部分にある。『病牀六尺』で正岡子規は「病気の境涯に処しては、病気を楽しむといふことにならなければ生きて居ても何の面白味もない。」という。楽しむというのは、気を紛らわせることとは異なる。心を充実させるものが無い限り、後に残るのは虚しさばかりだ。それを孫はいつ知るだろうか？

ジュノー神スマホばかりに怒りあれ

グローバルの疑義語りつ夏のバス

洋行を帰りて夏の太りかな

夏は朝緑透く陽のテラス窓

主なき家蟻も虫らも忙しき

遺品には傷つくもあり灼けし夏

グローバルの疑義語りつ
夏のバス

イタリア現地ガイドのアレキサンドロさんと話が合い、カプリ島観光に向かうバスの中、一時間ほど話しをした。

彼はローマ大学で日本文学を学び、のち一九九一年から九年間、東京大学、上智大学へ留学して、徳田秋声をテーマとしたという。

私が四〇年前に訪れた時からみると、イタリア人の気質も少し変わったと言ったところから話は始まった。彼の留学時、電車で携帯ばかりいじる日本人に驚いたが、今やイ

灼熱の光を返してグラスの目

縁無きの人となりぬ盆送り

秋　二〇一五年

季境は長月長雨タンゴ聴く

蟻どもも行進《クンパルシータ》雨に止め

「真珠採り」終りし頃の長雨か

タリアも同様になりつつあるという。ショートセンテンスが思考力を奪うのではという危惧は二人一致した。彼は、今は誰もが小説家になれる時代で、内容は浅く読む気がしないと言う。私の感じる文化の幼稚化と類似の感想を持つ人が海外にいた。以前、群馬ペンクラブに幼稚化の論評を書いたら反発があった。日本では直接的批判を憚る風潮がある。

　貿易会社に就職したものの、飽くなき利益追求に反発して辞めた彼とは、グローバリズムの負の部分の大きさについても、危惧が一致した。

目を閉じて肌に沁み入らせ風立ちぬ

東雲に萩落つ夢や白障子

何故々々と答えなぞ無き秋流る

惜しみかな蜩か細く鳴き止めぬ

鳶鳴く空は高かり鴉地に

オレンジ灯車窓に飛び去り秋の闇

夏は朝緑透く陽のテラス窓

季節を問わず朝は気持ち良いものだが、夏の朝はまた特別だ。

まだ暑さにはほど遠い午前七時前、居間のソファーにかけて、テラス越しに庭を眺めていると、夜からのしっとり感を残す部屋と、朝日に透ける庭の木々とが、一体となった呼応感に浸される。自ずと自分の気持ちもその一体感に安らぎ、生きとし生けるものの一つとして、その自然の中に置かれているという充足感に満たされる。

日中になれば、木々は真上

病棟の記憶を撫でし秋の風

手にグラスロック溶けさせ冷気呑む

実家片付け・三句

逝く人と還らぬことと秋の空

片付けは死後の重荷の彼岸かな

煩悩の滅せざる蟷螂も夢

絹雲や遠く住む子に続くごと

からの熱く強い光に圧迫される。しかし朝は違う。柔らかな光が横から差し込み、深い緑も、影が側面に流れることによって、表情に軽さが出ている。その分、空気の透明感も増す。これらは夏の朝日ならではの表情でもある。

庇は高温多湿という気候風土の産物でもあるのだろうが、外界との橋渡し空間でもある。日本家屋の開口部の広さだけが、自然との一体感を生み出すのではなく、橋渡し役があればこそ、自然への眼差しが落ち着く。出来得れば、奥深い庇越しに眺められれば、和の趣も増すが、和洋折衷の家屋が普通となった今では、テラス越しというところか。

燈籠を辿り奥宮抜頭舞

抜頭舞夜を打つ袖や秋の宮

抜頭舞夜を打つ袖や秋の宮

例年、玉村八幡宮で「灯籠宵まつり」が催される。雅楽の抜頭《ばとう》を見たのは初めてだった。知り合いに聞いたら、舞ったのは宮内庁の豊《ぶんの》靖秋氏で、昨年もやったという。昨年は、寒くて途中で帰り、見逃したらしい。

抜頭は、天平時代に唐から伝わったとある。衣装も大陸風で動きも大らかだ。面も大きく、私たちが思い浮かべる日本の面とは異なる。見ながら感じたのは、当時の日本の文化は、これほどまで大陸と一体感のあるものだったかということだった。国際化された唐と、日本がまれに開国的であった時代を、目の当たりに見る思いをした。

さらに思いを広げたのは面のことだった。面の文化は世界に存在するが、それを日本は一つの極みに持ちあげた。能の面の数々は、一つの面に、特定の象徴性を付与するのみならず、内面の〝変化《へんげ》〟を付与したと言える。

その変化《へんげ》で、向田邦子の「阿修羅のごとく」をテレビで見ていた時のことを思い出した。人形浄瑠璃の「娘道成寺」で清姫の顔が一瞬で鬼に変わり、息をのんだ。

移ろいの秋に、時代の変化と伴に、日本化していく文化の「変化《へんげ》」が脳裏を巡った。

【解説】

玉村町の「螢窓」から世界を旅する人

片山壹晴随想句集『嘴野記《シノキ》』に寄せて

鈴木比佐雄

1

片山壹晴さんが俳句と随想を融合させて、古里《ふるさと》に立脚しながらも何かとても個性的な随想句集をまとめた。少し不思議なタイトルとなった「嘴野記《シノキ》」は、片山さんが暮らす玉村町を指しているらしい。群馬県南部の玉村町は利根川沿いの小さな町だ。私の家近くの千葉県柏市の手賀沼は、古代には利根川の一部であったが、流れが変わり切り離されて現在の細長い沼となった。その利根川を茨城県、埼玉県へと上流へ遡っていき、群馬県に入り伊勢崎市を過ぎると、片山さんの暮らす玉村町が現れてくる。するど利根川が烏川とに分かれ、その二つの川に挟まれた場所は空から見ると嘴のように見える。そのことから今回の随想句集を「嘴野記《シノキ》」と名付けたと、あとがきで片山さんは記している。このことから分かる通り地上の玉村町からの眼差しと空から鳥瞰するような二重の視点を片山さんは抱え込んでいる。玉村町は古代から近代において様々な歴史を刻んだ町でもある。片山さんは父母や親族が生き今は自分や妻や子や孫が生きる場所の光景から触発されたことや、海外の旅で心に刻んだことを俳句に記し、またその俳句の基になった感性や考え方を思索的な随想に記した。

片山さんは二〇一三年に詩集・評論集『セザンヌの言葉――わが里の「気層」から』を刊行した。四十二篇の詩と十八篇の評論から成り立っているこの「詩集・評論集」は、片山さんが詩作と思索を両輪とする表現者であることを明らかにした。その詩集の冒頭の詩「気層」は、「匂いのある春の空気よ／密なる地層の空気よ／新たな生を迎え／ムスカリの澄んだ色のように／気層は光を澄ませ／天を仰ぐものたちが喉を震わす」という一連目から始まる。その表現は、一切の先入観や虚飾を払いのけて、純粋にありのままの初源の気層のただ中に佇み、赤子が初めてその光を感じたように、天を仰ぎながらその感動を記そうとする。また評論「セザンヌの言葉――その芸術の奥へ」では「強い個性を持った芸術家は数多いが、普遍性への志向性の強さはセザンヌを超えるものがないように思える。ここに、絵画のみならず、芸術とは何かに迫ろうとすると、セザンヌの真髄に迫らずには、自己の芸術の位置を真の姿で見極められないだろうとさえ思われてくる理由がある」と語っている。片山さんは有季定型十七文字の抒情詩である俳句とそれを基にした随想に、時にセザンヌの「普遍性への志向性」や「芸術とは何か」という問いをシンプルに宿らせ反復し続けているのだろう。

2

随想句集『嘴野記《シノキ》』には、「冬霧、遺稿、春光、悲歌、激情、明晰、茜雲、大震災、寺椿、螢窓、風霊、葉陰」の十二の小タイトルを付けられ年代順に編集された合計九六四句が収められている。片山さんは、故郷の玉村町に定住しながら日本国内はもとより、海外もかなりの旅を続けてその度に俳句を作っている。あたかも故郷を知るには外の世界を通して故郷の特徴を見極めようとしているかのようだ。さらに俳句誌「風韻」で「自句注解」として書かれたエッセイが四十五編ほど句の下に置かれている。それらはこの十年間に書かれたものだ。それらの中から特に心に刻まれた句や随想の一部を紹介したい。

「冬霧」二十八句の冒頭は「ジャズ聴けば古扇風機も蘇り」から始まる。古き時代のジャズの演奏が始まると古扇風機が回り出してほろ苦い思い出が溢れ出てくるのだろう。ジャズと古扇風機の出会いが新鮮な余情を生み出している。また「友逝きその翌日」という前書きの「野分け行き空の青さに君帰る」や、「父死去」という前書きの「梅満開脈の静かに消えゆきし」などの父の生きた時間を愛おしむ句になっている。

友が帰っていった「空の青さ」が根源的な故郷を暗示しており、父の脈が「静かに消え」ていく命の尊厳さなどが、友や父を失った悲しみの深さを伝えている。

「遺稿」六十七句の中で、「父遺稿箱に収めて百日紅」や「月冴ふ夜道白く於母《おも》と行きけり」などは、読書家だった亡父の遺稿に敬意を払い、母と歩いた月夜の白く照りかえる夜道の美しさを想起し、父母を偲んでいる。また「赤城山寝牛の秋となりにけり」や「関東の平野《ひらの》の果てに烈風《かぜ》行けり」などは、晩秋に赤城山に連なる鍋割山に夕日が当たると影が牛の角、鍋割山が牛の尻に見えて牛が寝ている姿に見えるそうだ。シベリア高気圧が群馬・新潟の山岳地帯に当たり「空っ風」となって関東平野の北部の群馬から烈風が関東平野の果てまで吹き始めるのだ。

「春光」九十三句の中で、「桃活けし閨《ねや》の窓よし和気のよし」では、エッセイでこの句の桃から桃色を使ったピカソの「眠る女」やローランサンのピンクの色調などを連想し、「桃の節句から「成人の女性」へと連想を広げていく。また「フッサール午睡の後の天木目」や「夕となりユリの匂いに書を閉じる」などは、片山さんが天木目や花の匂いなどに触発されて思索に向う直観の在りようを示している。エッセイでは「黄昏は人に整理を促す力があるように感じる」と告げている。

「悲歌」八十二句の中で、「雛の載る緋色の悲歌と覚ゆ日か」では、その句を自解したエッセイで伯母の世代の「否が応でも時代の運命を背負った苦難」を「緋色の悲歌」と書き記している。また沖縄を訪ね「三味《しゃみ》の音や潮に消え行きアダンの実」や「琉球を昔とせざるな北《ニシ》の風」など句を作り、沖縄の過去・現在・未来を見据えようとしている。

「激情」九十四句の中で、「君生《あ》れし犬も聞こゆ雲には春光」や「生まれ出で血潮めぐりぬ花の時」では、孫の誕生により一人の生命がこの世に初めて出現した時の感受性の驚きを記している。また京都学派の哲学者田辺元の山荘を訪ねた「春まだき哲人の山荘《いえ》見つからず」や「哲人の老いて住みし森茂る」では、戦争中に自らの哲学が利用されて若者達を戦死させたことを背負い続けた思索の果てを辿ろうとする。

「明晰」五十八句の中で、「花に修羅憤怒と悲との一重なる」では興福寺の阿修羅像と対峙し、エッセイでも「力強い意志性と繊細性、闘争力と戸惑い、怒りと悲しみの相克、この対立性が迫ってくる」とその複雑な深層心理の総体を露わにしようとしている。また「百余の古墳《ぼ》はるけく地重ね春重ね」と玉村町の古代史を語り、「派遣切り〝道〟捨てられし師走道」と経済格差や貧困の苦悩も読み込んでいる。

「西雲」九十一句の中で、「寸前にスコール離れバス走る」のサイゴンや「虐殺を生き延びし女《ひと》か雨に濡る」のカンボジアなど雨を通してアジアの悲劇を想起させている。また「頭蓋とて変るものなれさて今年」や「セザンヌを飾り見て初春を踏む」などの句は、片山さんが自らの原点を見据えながら、絶えず自らを更新させていく志を貫こうとしていることが分かる。

3

前章の「茜雲」の後には東日本大震災・東電福島第一原発事故があり、次の「大震災」の句が作られていく。群馬県北部と福島県南部は尾瀬ヶ原を通して接していて、その周辺は利根川の源流でもあり、関東平野もまた放射能汚染の危機であったのだ。「大震災」百六句の中で、「傲慢も在りぬべしさま人知とは」や「安全を神話と知るの愚挙となる」などではまず原発事故を引き起こした人間の傲慢さを見詰めようとする。そして「巨大さは句をも許さず想千千《ちぢ》なり」や「切なしの言葉突如に身に満ちぬ」では、東日本大震災・原発事故の大災害で言葉を無くしてしまうほどの虚しさや、そこからようやく「切ない」という言葉を発した被災者の語り得ぬ思いを書き記す。また「災害史千年朧の酷暑かな」や「史書みれば天明の人叫喚せり」では災害の歴史を語り継ぐことの重要性を記し、エッセイでも一七三八年の天明の噴火で浅間山からの土石流が前橋市から玉村町まで達したことの教訓を忘れるべきではないと指摘している。

「寺椿」九十六句の中で、「日永なり石工《いしく》の涙縷々語る」では玉村宿本陣跡の綾小路有長の歌碑を彫った石工の宮亀年を語り継ぐ学者の思いを伝える。また前書き羽島千尋と記された「百年忌行き交ふ車や麦の秋」では、森鴎外の小説『羽鳥千尋』で描かれた郷土の人物に焦点を当てている。その意味で俳句の叙事詩的な機能を試みている。

「螢窓」の百二句の中で、「日も差さずアンネの床は寒々し」や「乗り継ぎを失してホームに手凍ゆ」ではオランダのアムステルダムのアンネの隠れ家を訪ね、その時の実感やその経験から戦争がもたらした悲劇によって体中が凍えてしまうような様子が記されている。また「死に向う歌集が一つ螢窓《ほたるまど》」では難病の歌人の透徹した眼差しに応えて、エッセイでは「あきらめではない諦念がある」と語っている。

「風霊《かぜだま》」九十六句の中で、「古文書の字崩し眺め春の雨」や「哲学の書触るる指や夏の星」では、書物の文字の表現者や思想哲学者たちの心に触れることの喜びや、その書物に触れる際に襟を正す心持ちが描かれている。また「古城登すラインの風霊《かぜだま》窓抜けり」でライン河沿いの古城からヨーロッパの芸術精神を感じ、「この師走何忘れむか魯迅読む」では忘れてはならぬアジアの他者の存在を自らに問い続けている。

「葉陰《よういん》」五十一句の中で、「見慣れしをここぞと花は目に止り」では、日常を異化させる心の変化をこそ見出し、エッセイでは「心にさざ波が起きる。それが生きている自覚でもある」という。さらに片山さんは「総体としての風景というもの」の普遍性を思索していく。片山さんにとっては前の詩集・詩論集と同じ問いを俳句や随想でも反復し続けている。最後の句「抜頭舞夜を打つ袖や秋の宮」やエッセイでは、例年、玉村八幡宮で行われる「灯籠宵まつり」の「雅楽の抜頭《ばとう》」が天平時代に唐から伝えられた当時の舞であることを紹介している。千数百年前にタイムスリップしながらも、日本が世界に向かって開かれ続けることを願って句集とエッセイを締めくくっている。

芭蕉が「奥の細道」の旅に出かけることは当時で言えば生きて帰らぬ世界旅行に行くような心持だったろう。現代ではそんな危険を冒してまで旅をすることはないだろうが、時に片山さんは玉村町の住まいの「螢窓」から芭蕉の思いが乗り移り、過去や現在の様々な場所へ旅立ってしまうのだろう。そんな俳句と随想の試みを読んで欲しいと願っている。

あとがき

本格的に句作を始めて十年、区切りに句集をと思い、過去の句にも手を入れつつ一年余が過ぎてしまいました。ここに収めた句の大半は、私の所属する『風韻』に投稿してきたものです。この季刊誌がなければ私の句作もこれほどのボリュームを持つこともなかっただろうと、『風韻』に感謝する次第です。

日記をつける習慣のない私としては、それに代わる句作日記のつもりで俳句を作ってきましたので、並びは時系列としました。かつ、心の記録性を優先したために季語を持たない句もあります。日常に季語を入れ込むと、日本人としての感性が非常に締まるものになります。一方で、混沌とした現代の事象を表現する場合の難しさも感じてきました。

幸い『風韻』には「自句注解」という欄があり、私にとって思索と句作を繋ぐ役目を果たしてくれました。必ずしも自句を直接的に解説するのではなく、それに関連する世界へと思索を広げることが出来ました。また、現代と俳句を結ぶ橋渡し役ともなってくれたと思います。

表題は、私の住む玉村町上空の眺めから取りました。利根川と烏川が鳥の嘴のような形を成します。カントがケーニヒスベルクに生まれ、そこから動かずに世界を考えたように、私もこの地に生を受け、かつ世界を見やることは可能だと考えています。「日本より頭の中の方が広い」（漱石）ように、またセザンヌにとってのエクス＝アン＝プロヴァンスのように、世界はそこに在ります。嘴はペン先でもあり、文字を書きつけます。その十年が「嘴に墨含みつつ十の春」です。

最後に、選句への感想を求めた家族、出版にあたって編集をし解説文を書いて下さった鈴木比佐雄氏や製作実務をされたコールサック社のスタッフの皆様に感謝申し上げます。

二〇一六年二月

片山壹晴

著者略歴

片山　壹晴（かたやま　いっせい＝本名　かずはる）

一九四八年二月二日、群馬県生まれ
前橋高校、群馬大学教育学部卒業
上毛新聞社勤務、前・玉村町文化センター所長

〈著作〉
二〇〇四年　詩集『刻みのない時間』（上毛新聞社）
二〇〇五年　講義録『「個」と「企業」――人格との関係をめぐって――』
二〇〇六年　詩集『人格のある鴉』（土曜美術社出版販売）

二〇一三年　詩集・評論集『セザンヌの言葉——わが里の「気層」から』
（コールサック社）
二〇一六年　随想句集『嘴野記』（コールサック社）

〈現住所〉
〒三七〇－一一三一　群馬県佐波郡玉村町斎田三三〇－一

石炭袋

片山壹晴　随想句集『嘴野記』

2016年5月8日初版発行
著者　　　　　片山　壹晴
編集・発行者　鈴木比佐雄

発行所　株式会社 コールサック社
〒173-0004　東京都板橋区板橋 2-63-4-209
電話 03-5944-3258　FAX 03-5944-3238
suzuki@coal-sack.com　http://www.coal-sack.com
郵便振替　00180-4-741802
印刷管理　（株）コールサック社　製作部

＊装丁　奥川はるみ

落丁本・乱丁本はお取り替えいたします。
ISBN978-4-86435-246-8　C1092　￥1500E